Wie pflücke ich eine Butterblume?

D1986241

© Gyldendal Norsk Forlag

Laila Stien, 1946 in Rana/Nordnorwegen geboren, studierte Völkerkunde und Samisch. Seit 1983 arbeitet sie als freiberufliche Autorin und Übersetzerin. Ihr Buch *Wie pflücke ich eine Butterblume?* wurde in Norwegen mit diversen Preisen ausgezeichnet.

Laila Stien

Wie pflücke ich eine Butterblume?

Aus dem Norwegischen
von Gabriele Haefs

CARLSEN

Veröffentlicht im Carlsen Verlag
Juni 2005
Mit freundlicher Genehmigung des Sauerländer Verlages
Originalcopyright © 1993 Tiden Forsk Forlag A/S, Oslo
Originalverlag: Tiden Forsk Forlag, Oslo
Originaltitel: »Å plukke en smørblomst«
Copyright © der deutschsprachigen Ausgabe:
1997 Sauerländer Verlag, Aarau, Frankfurt am Main und Salzburg
2002 Patmos Verlag GmbH & Co. KG
Sauerländer Verlag, Düsseldorf
Umschlagbild: Heike Herold
Umschlaggestaltung: Kerstin Schürmann, formlabor
Corporate Design Taschenbuch: Dörte Dosse
Gesetzt aus der Concorde von H & G Herstellung, Hamburg
Druck und Bindung: GGP Media GmbH, Pößneck
ISBN 3-551-37281-0
Printed in Germany

Alle Bücher im Internet: www.carlsen.de

Lakritzschiffchen und eine schwierige Patience

Mona und Morten hatten Uhren getauscht und Elisabeth hatte Robert ihre Kaulquappen geschenkt. Ich war die Einzige im ganzen Strandvei, die mit niemandem zusammen war. Ich hatte nur Beate, aber die war eine Rotzgöre, die erst in die zweite oder dritte Klasse kam.

Als wir klein waren, war immer Mona meine beste Freundin. Als sie ein Jahr vor mir in die Schule kam, ging das nicht mehr so gut. Bei Elisabeth war das ganz anders. Elisabeths Mutter arbeitet in einer Parfümerie. In der ganzen Gegend hier riecht keine Mutter so gut wie die von Elisabeth. Im Schlafzimmer haben sie eine ganze Schublade voll von winzigen Flaschen und Tuben. Das sind Proben, die Elisabeths Mutter an gute Kundinnen, nahe Verwandte und alte Freundinnen verteilt. Ich habe auch welche bekommen. Vier Flaschen Parfüm und drei Tuben Creme gegen Falten unter den Augen. Zwei Tuben habe ich schon verbraucht. Und zwar als Elisabeth anfing, die ganze Zeit mit Robert zusammen zu sein.

Es ist wirklich nicht lustig, wenn die beste Freundin einfach so mit einem anderen zu einer Radtour abhaut, morgens früh, ehe man selber überhaupt nur piep gesagt hat. Ich griff also zu den Tuben, weil ich nicht solche Säcke unter den Augen haben wollte wie meine Oma. Die hat sie, weil ihr Verlobter mit dem Schiff untergegangen ist, als sie vierundzwanzig war, und dann hat sie geweint und geweint, bis sie bei einem Mittsommernachtsfest meinen Opa kennen gelernt hat. Da war sie fast dreißig. Um ein Haar wäre sie als alte Jungfer geendet. »Ja, das war wirklich in letzter Sekunde«, sagt sie immer.

Mona und Morten saßen jetzt dauernd hinter der Tankstelle und knutschten und Robert und Elisabeth waren entweder bei Robert im Keller, um die Kaulquappen zu füttern, die sie ihm geschenkt hatte, oder sie waren mit dem Fahrrad unterwegs. Wenn ich auf der Straße oder dem Rasen unterwegs war oder wenn ich auf dem Torpfosten oder der Treppe saß und Elisabeth vorbeikam, dann rief sie im Vorübersausen manchmal »Hei!«. Robert rief gar nichts. Und Mona bekam ich nicht zu sehen. Beate erzählte mir, dass Mona und Morten Uhren getauscht hatten und hinter der Tankstelle herumsaßen.

»Die knutschen.«

»Ist mir doch scheißegal.«

»Die sind verliebt.«

»Na und? Heb dich weg. Mach, dass du nach Hause kommst.«

Nur eins ist noch schlimmer als ganz allein zu sein – nämlich, dabei auch noch kleine Kinder am Hals zu haben.

Beate war ziemlich aufdringlich, krallte sich an unserem Zaun fest, wollte einfach nicht abhauen.

»Was glotzt du so? Los, nach Hause mit dir, du Klopilz!«

Ich musste richtig zulangen, damit sie endlich kapierte.

Und dann ging sie.

Ich hatte mich schon damit abgefunden, dass ich den Rest meines Lebens mutterseelenallein zubringen müsste, als Jim-Willy mit Möbelwagen und Eltern und kleinen Geschwistern und Fahrrad mit vielen Gängen und Kommoden, Sesseln und einem Trampolin anrückte. Sie zogen in das Haus, in dem bis zu ihrem Tod die Witwe Sigvaldsen gewohnt hatte. Ihr Sohn und ihre Tochter hatten sich dann sofort um einen alten Eckschrank gestritten, von dem Mama sagte, sie hätte ihn nicht mal nachgeschmissen genommen. Sie fetzten sich auch um das große schwarze Klavier, obwohl sie beide nicht spielen konnten, das konnte nur Frau Sigvaldsen. *O klehr dela lühne* spielte sie immer und dann gab sie uns Schmalzkringel aus einer roten Dose mit Zwergen.

In dieses Haus zog also Jim-Willy. Ich sah ihn als Erste. Elisabeth und Robert waren wohl mit dem Fahrrad unterwegs, sonst wäre Elisabeth sofort hingestürzt und hätte angeboten beim Tragen zu helfen. Mona saß bestimmt auf den Kartons hinter der Tankstelle und knutschte mit Morten, sonst wäre sie auch hier aufgekreuzt.

Als der Möbelwagen kam, saß ich am Küchentisch und legte eine Patience, die Oma mir beigebracht hat. Die Familie kam gleich hinterher, in einem grünen Wagen mit Skiern auf dem Dach. Es war mitten im Sommer und deshalb sah das ein bisschen komisch aus. Die Mutter war riesig, sicher schwanger, obwohl sie schon drei Kinder hatte: zwei Winzlinge, beide ungefähr gleich groß, und Jim-Willy. Der Vater war dünn, aber stark. Er trug fast alles selber, während der Fahrer des Möbelwagens am Torpfosten lehnte und rauchte. Die Winzlinge wuselten wie blöd durch die Gegend und über den Rasen, bis einer in dem großen Stachelbeerstrauch hängen blieb. Dieser Winzling war ein Mädchen, sie hieß Janne. Das erfuhr ich später an diesem Tag und da erfuhr ich auch, dass Jim-Willy Jim-Willy hieß und sein kleiner Bruder Johnny. Und dabei sah ich auch aus nächster Nähe, dass die Mutter so schwanger war wie überhaupt nur möglich und dass der Vater eine halbe Glatze hatte.

Als ich da so mit meiner Patience saß, konnte ich durch das Küchenfenster nur sehen, dass Jim-Willy ungefähr so alt aussah wie ich und dass er die gelbsten Haare hatte, die in dieser Gegend je gesehen worden sind. Wenn er nicht gerade Pappkartons und Küchenhocker ins Haus trug, stand er ganz still neben der Treppe. Dünn wie ein Stängel und mit seinen knatschgelben Haaren. Er sah aus wie eine riesige Butterblume. Ich wartete, bis sie alles ins Haus getragen hatten und der Möbelwagen wieder weg war, und dann wartete ich noch eine Runde. Dann ging ich hinüber und klingelte. Über der Klingel stand noch immer *Gudrun Sigvaldsen*.

Der Vater machte auf und ich sagte, ich wollte nur fragen, ob alles in Ordnung sei, der Strom schon angeschlossen und so. Er sagte ja. Und mehr sagte er nicht. Durch den Türspalt konnte ich den Winzling sehen, der im Stachelbeerbusch hängen geblieben war, und den riesigen Bauch der Mutter. Ich erkundigte mich nach dem Klavier, ob sie das Klavier noch hätten.

»Das Klavier?«, fragte der Vater.

»Ja, das blanke, schwarze – das von Frau Sigvaldsen.«

Er schien nur Bahnhof zu verstehen und deshalb

musste ich von Frau Sigvaldsens Kindern erzählen, die sich nicht einigen konnten und sich für den Rest ihres Lebens bitter zerstritten hatten, nur wegen eines schiefen Eckschranks und eines verstimmten Klaviers.

»Ach so«, sagte er.

»Hast du Kinder?«, fragte ich.

Und nun ging ihm auf, dass er die Tür richtig aufmachen musste, statt die Nase in den Spalt zu pressen und »ach so« zu sagen.

»Möchtest du reinkommen?«, fragte er.

Manche sind eben lahmer als andere. Dafür können sie nichts. Als ich dann erst im Haus war, wurde er richtig freundlich, er fragte, in welche Klasse ich nach den Ferien kommen würde, und überhaupt.

»In die fünfte«, sagte ich.

»Die fünfte!«, sagte er. »Genau wie Jim-Willy! SALLY, kommt Jim-Willy nicht in die fünfte Klasse?«

»Sicher«, brüllte die dicke Frau als Antwort.

Einwandfrei redete er hier von der Butterblume. Die Sache lief ja gut. Der Vater rief Jim-Willy, der in der Mansarde saß und seine Sachen einräumte. Jim-Willy gab keine Antwort, das konnte ich hören. Der Vater rief noch dreimal. Noch immer keine Antwort. Der Vater schüttelte den Kopf. Die Sache lief offenbar doch nicht so gut. Die Mutter, die Sally hieß, lächelte und bot mir ein Lakritzschiffchen an. Sie hatte in ihrer Schürzentasche eine ganze Tüte. Solche Häuser, wo die Mütter Lakritzschiffchen in der Tasche haben, sind die besten Häuser, die man besuchen kann. Ich setzte mich auf einen Hocker. Und da saß ich dann und sah zu, wie sie Teller aus den Pappkartons auspackten und in den Schrank stellten. Ich blieb sitzen, bis die Winzlinge kamen und einen Höllenlärm veranstalteten. Da verabschiedete ich mich und ging.

An diesem Tag legte ich noch zwei Patiencen, aber keine ging auf.

Jim-Willy aus der Nähe

Jim-Willy sammelte Briefmarken, das hatte seine Mutter erzählt. Am nächsten Tag ging ich wieder hin und fragte, ob ihnen ihr Haus gefiele.

»Sicher, vielen Dank«, sagte die Mutter. Sie nahm sich ein Lakritzschiffchen und gab mir auch eins. Der Vater, der gerade Lampen anbrachte, sagte, sie würde noch ein schwarzes Baby bekommen, wo sie so viele Lakritzschiffchen aß.

Die Winzlinge waren draußen im Garten. Sie rannten im weiten Bogen um die Stachelbeersträucher herum und johlten und schrien. Der Vater ging in die Mansarde. Ich hörte, dass er versuchte die Butterblume zum Herunterkommen zu überreden, aber dieser dünne Stängel war ganz schön stur. Die Mutter seufzte und sagte, sie wüsste einfach keinen Rat mehr, der Junge saß einfach den ganzen Tag über seinen Briefmarkenalben und bekam so wenig frische Luft, dass er eines schönen Tages noch verwelken würde. Ich konnte mir das sehr gut vorstellen. Überall Briefmarken. Auf der Nase, in den gelben Haaren, an den Armen und an den Ohren. Und dann der

Stängel, der schließlich verwelkte, in der Mitte abknickte und sich über den Schreibtisch legte oder was er da oben nun für einen Tisch hatte. Es war ein trauriger Anblick. Deshalb seufzte ich auch. Die Mutter gab mir noch ein Lakritzschiffchen. Ich sagte »danke« und »das kann ich doch eigentlich gar nicht annehmen«.

Als ich in den Laden kam, um Milch und die neuen Illustrierten zu kaufen, stand Elisabeth da. Sie stand vor dem Regal und las in aller Heimlichkeit *Donald*, deshalb bemerkte sie mich nicht. Elisabeth durfte sich keine Comics mehr kaufen. Ihre Familie sparte für ein neues Auto. Ich schnappte mir zwei Illustrierte, *Donald*, einen Schokoriegel und sagte HALLO!.

»Hallo«, sagte Elisabeth. Sie legte das Heft zurück und rümpfte die Nase. »Kindisch, was? Kaufst du dir das wirklich noch?«

»Aber sicher doch«, sagte ich. »*Donald* ist spitze. Ich hab von einem erwachsenen Mann in Bodø gehört, der alle Jahrgänge hat.«

»Der spinnt doch«, meinte Elisabeth. »Wo steckst du denn eigentlich so die ganze Zeit?«, fragte sie dann und streckte die Hand nach einem Nusskringel aus, den sie sich ganz bestimmt nicht kaufen durfte.

»Ach, mal hier, mal da«, sagte ich. »Meistens bei Jim-Willy.«

Noch nie habe ich jemanden dermaßen baff erlebt. Sie brachte viele Sekunden lang keinen Laut über die Lippen, und das ist sehr lange für eine, deren Mundwerk sonst dauernd in Bewegung ist.

»Ist das der ... Neue?«, würgte sie dann endlich raus.

»Ja.«

Dann sagte ich, ich müsste bezahlen und dann weg, könnte nicht den ganzen Tag im Kiosk rumlungern, hätte noch alles Mögliche zu erledigen, Wiedersehen.

»Wiedersehen«, stammelte Elisabeth. So ein jämmerliches »Wiedersehen« hatte ich in meinem Leben noch nicht gehört.

Ich trat wie blöd in die Pedale. Sauste durch den Strandvei. Umzudrehen brauchte ich mich nicht, ich wusste, dass sie quer über ihrem Fahrrad stand und hinter mir herglotzte. Ich grinste und strampelte und sang: »O klehr dela lühne ...«

»Du hast vielleicht ein Tempo«, sagte Mama und sah nach, ob der Lottozettel auch nicht herausgefallen war, aber der steckte an Ort und Stelle in der einen Illustrierten. Sie runzelte leicht die Stirn, als sie den

Schokoriegel entdeckte, und fragte, was das denn bedeuten sollte. Ich sagte, ich hätte gedacht, sie würde vielleicht zum Nachmittagskaffee gern etwas Süßes essen, und ich würde auch gern mal beißen, wenn sie erlaubte.

»Du bist mir ja eine niedliche Nelke«, antwortete sie und brach den Schokoriegel in zwei Teile.

An diesem Tag sah ich Jim-Willy aus der Nähe. Er saß am Küchentisch und aß Cornflakes, als ich kam. Er versteckte sich hinter der Packung und gab vor, den Text auf der Rückseite zu lesen. Zu beiden Seiten lugten seine Ohren hervor. Sie waren knallrot. Wenn er so rote Ohren hatte, konnte er so bald noch nicht verwelken.

»Hallo«, sagte ich.

Er gab keine Antwort.

»Bist du schwerhörig?«, fragte ich.

Keine Antwort.

»Bist du schwerhörig oder nicht?«

»Nicht.«

Er hörte sich nicht gerade gastfreundlich an. Ich musste ihn mir einfach näher ansehen. Sein Gesicht war sehr rot. Ansonsten war es gar nicht schlecht.

»Was steht denn da so Interessantes?«, fragte ich. So fest, wie er seine Nase gegen die Cornflakes-Packung drückte, war er bestimmt kurzsichtig.

Er schnaubte nur.

Ich lasse mich nicht so einfach anschnauben und deshalb schnappte ich mir die Packung und las, was ihn so beschäftigt hatte. »Wir basteln einen Fuchs, der sprechen kann«, stand dort und darunter war ein rotes Monstrum mit einem Riesenmaul gemalt.

»Fuchs – das da! Das sieht doch aus wie eine Mischung aus einem Frosch und einem Heilbutt!«

Er sagte nichts. Schaufelte Cornflakes in sich hinein und starrte die Tischplatte an, jetzt, wo ich ihm die Packung geklaut hatte. Aber dieses Mal wollte ich mich nicht geschlagen geben. Da war ich nun höflich gewesen und gleich mehrmals zu Besuch gekommen, und alles, was mir das einbrachte, war ein schnödes »Hallo«. Ich setzte mich. Am besten ließ ich ihn jetzt wohl in aller Ruhe essen. Ich hatte die Cornflakes-Packung noch immer auf dem Schoß und las alles über den Fuchs. »Origami bedeutet, aus Papier Figuren zu falten«, stand dort. »Es ist eine schöne alte Kunstform, die vor ungefähr tausend Jahren am japanischen Kaiserhof entstanden ist. Wenn du erst diese Technik beherrschst, kannst du die fantastischsten Figuren falten. Sogar einen Fuchs, der sprechen kann.«

»Versuchen wir das mal?«, fragte ich.

Er zuckte bloß mit den Schultern.

Ich fragte noch einmal, und zwar mit etwas lauterer Stimme. Mit sehr viel lauterer sogar.

»WOLLEN WIR VERSUCHEN EINEN FUCHS ZU FALTEN?«

»Von mir aus.«

Ich wäre fast vom Stuhl gefallen.

Jim-Willy an der frischen Luft

Als ich aufstand, einen Tag nachdem wir den Fuchs gefaltet hatten, der gar kein Fuchs geworden war, sondern nur ein klebriger Klumpen aus Papier und Leim und etwas zu viel Wasserfarbe, sah ich, dass Jim-Willy auf der Treppe stand und in die Luft starrte. Ich schmierte Margarine und Erdbeermarmelade auf die Brotscheibe, die Mama mir abgeschnitten hatte, ehe sie zur Arbeit gegangen war. Ich aß die ganze Scheibe auf einen Bissen und trank ein halbes Glas Milch. Ich durfte keine Zeit verlieren. Ich musste mich beeilen, ehe er wieder zu seinen elenden Briefmarken verschwand.

Ich schloss die Tür ab und sprang auf mein Fahrrad. Und war im Nu bei ihm.

»Hallo.«

»Hallo«, sagte er.

»Kommst du raus?«, fragte ich.

»Ich bin draußen.«

Solche Antworten können uns auch den besten Freund verleiden, aber ich blieb stehen. Ich dachte, er wüsste vielleicht nicht, wie man sich benimmt, er kam schließlich vom Land und aus einer winzigen Schule mit acht Schülern, das hatte er mir beim Fuchsfalten erzählt. Und in einer solchen Einöde gehen leicht die guten Manieren verloren, das hat meine Mutter oft gesagt. Mein Vater kommt aus so einem kleinen Diebsloch an der Küste und er hat auch keine Manieren. Er hat immer alle Feste vergessen – Muttertage und Geburtstage, er konnte sich das einfach nicht merken. Schließlich musste er dann seinen Kram packen und in sein Diebsloch zurückkehren, meine Mutter hielt es nicht mehr aus.

Aber ich blieb stehen.

»Wo ist denn dein Fahrrad?«, fragte ich.

»In der Garage.«

»Willst du es nicht holen?«

»Vielleicht.«

Fast alle von meinen Freunden waren umgänglicher gewesen als dieser neue, der einfach nur vor sich hin starrte und »vielleicht« sagte und sich einfach unmöglich benahm. Aber ich hatte nicht vor, mich geschlagen zu geben. Das darf man nie, sagt meine Mutter immer. Nicht verzweifeln, sagt sie. Und ich verzweifelte auch jetzt nicht. Ich hatte die Arme auf dem Lenker liegen. Ich stand gut da. Die Sonne schien auf meinen Nacken. Mein Nacken war warm. Es würde ein schöner, trockener Tag sein.

Jim-Willy schien die Sonne in die Augen. Das war nicht so gut. Vielleicht war er deshalb so sauer.

»Hast du ein Rad mit Gangschaltung?«, fragte ich.

»Ja.«

»Wie viele Gänge denn?«

»Achtzehn.«

»Schweinisch gut.«

Ich selber gurkte auf der alten Mühle durch die Gegend, für die ich längst zu lange Beine hatte. Mama hatte Sattel und Lenker so hoch wie möglich geschraubt, aber trotzdem war mein Rad zu klein für mich.

Jim-Willy wandte seinen Blick von der losen Luft ab. Er blickte mit einem Auge mein Fahrrad an und kniff das andere zusammen, weil die Sonne so grell schien. Den einen Mundwinkel zog er ein wenig nach oben, aber ein richtiges Lächeln war das nicht.

»Jetzt hol es schon«, sagte ich.

Aber er blieb sitzen.

Und blieb sitzen.

Ich hätte am liebsten mein Fahrrad hingeschmissen, wäre die Treppe hochgerannt und hätte ihn runtergeschubst, mit der Nase in den Kies, damit er sich Knie und Arme und Hände aufscheuerte und sein Gesicht und die roten Ohren und überhaupt alles. Ich hätte ihn von der Treppe stoßen können und dann hätte er sich schlimm verletzt und geblutet und seine Stirn wäre so dick geschwollen, dass er wie ein Wildschwein ausgesehen hätte. Das hätte ich tun können.

Aber ich nahm mich zusammen. Ich sagte nur: »Jetzt hol endlich dein Fahrrad, dann machen wir einen Ausflug.«

Mehr sagte ich nicht, aber er stand auf, kam die Treppe herunter, ging um das Haus herum und zur Garage. Dort kippte er das Tor nach oben, er war wohl doch nicht so schwach, wie ich gedacht hatte, würde sicher noch lange nicht verwelken. Nachdem er sein schönes blaues, glänzendes Rad mit achtzehn Gängen aus der Garage geholt hatte, machte er das Tor wieder hinter sich zu.

»Jetzt fahren wir«, sagte ich.

Und wir fuhren.

Jim-Willy sieht sich um

Es ist ganz üblich, neuen Leuten am Ort die Sehenswürdigkeiten zu zeigen. Als der Vetter meiner Mutter aus Bergen zu Besuch kam, mit seiner Frau und einem Winzling, der Ar-rsch sagte, mit dem komischen R, das sie in Bergen haben, und einem größeren Winzling, der beim Autofahren ewig kotzen musste, sind wir mit denen zum Svartisen gefahren. Das war letztes Jahr und es war mein erster und letzter Besuch beim Svartisen. Es war ein schrecklicher Weg, mit steilen Hängen und vielen Felsen, bis wir endlich oben an Norwegens drittgrößtem Gletscher angekommen waren. Als drittgrößter Gletscher ist er nämlich eine Sehenswürdigkeit.

Viel zu sehen gibt's da aber nicht. Außen ist er schwarz und innen graublau. Und es kann auch gefährlich sein, da rumzustehen und ihn anzuglotzen, denn das Eis kann plötzlich kalben und dann brechen dicke Stücke ab und stürzen in den See und die Wellen türmen sich nur so auf und reißen alle mit, die gerade am Ufer stehen. Ich hoffte eine Weile, dass eine kleinere Welle nur den Winzling mitnehmen würde, der quengelte und schrie und nervte und jammerte und mitten in der Wildnis B-r-rause und was weiß ich nicht noch alles haben wollte. Das Kind, das im Auto immer kotzen musste, quengelte nicht weiter, aber besonders lustig war es auch nicht, das muss einfach mal gesagt werden.

Ich sagte Jim-Willy, dass wir eigentlich zum Svartisen fahren müssten, wo er doch neu bei uns war, aber er sagte, er wäre schon dreimal, vielleicht sogar viermal dort gewesen und deshalb sei das nun wirklich nicht mehr nötig. Und mir fiel ein, dass er gar nicht so weit weg gewohnt hatte, nur eben auf dem Land, mit einer fast schülerlosen Schule.

»Ja dann«, sagte ich und überlegte mir, dass ein Besuch bei Evelyn vielleicht interessanter für ihn sein würde.

Evelyn ist meine Freundin. Obwohl sie alt ist. Ich weiß nicht genau, wie alt, das weiß niemand, das will sie nämlich nicht verraten. Meine Mutter sagt, sie sei sicher über sechzig. Aber das ist ja auch egal. Von mir aus könnte sie auch hundertsechzig sein. Evelyn ist in Ordnung. Die anderen können sagen, was sie wollen, ich finde Evelyn in Ordnung.

Wir fuhren durch den ganzen Strandvei, an Laden und Tankstelle vorbei. Ich erwähnte Mona und Morten mit keinem Wort. Die hatten sicher noch keinen Blick auf Jim-Willy werfen können und das geschah ihnen nur recht. Wir fuhren an Kristoffers Haus vorbei. Kristoffer saß in einem wackeligen Gartensessel vor der Wand und schaute durch sein Fernglas. Das macht er immer, wenn es nicht regnet und so einigermaßen Windstille herrscht. Was er bei schlechtem Wetter macht, weiß niemand, er ist nämlich so mürrisch, dass niemand sich traut ihn zu besuchen. Aber bei schönem Wetter sitzt er jedenfalls den ganzen Tag lang vor dem Haus und sieht sich den Fjord an, was immer es da auch zu sehen geben mag, die Leute reisen ja nicht mehr auf dem Seeweg, damit haben sie schon längst aufgehört, seit vierzig Jahren ungefähr.

»Da wohnt Kristoffer, der mürrischste Mann hier in Stranda«, rief ich Jim-Willy hinter mir zu. »Wir ziehen ihn immer auf. Du ahnst ja nicht, wie wütend der werden kann. Aber schnell laufen kann er nicht.«

Im Nachbarhaus von Kristoffer wohnen Evelyn und Nils Peder. Nils Peder ist nicht oft zu Hause, weil er so allergisch ist, dass er sich Arbeit auf einer Baustelle suchen musste. Evelyn hat neun Katzen, mehr Katzen als Kater, aber die Katzen kriegen keine Jungen. Evelyn gibt ihnen etwas. Pillen oder ein Pulver. Mama sagt, dass Evelyn die Viecher bestimmt mit Heißwecken ernährt, so fett, wie die sind, aber das stimmt nicht, ich habe gesehen, dass sie ihnen

Fisch und Leberwurst und Speckschwarten gegeben hat.

»Halt!«, rief ich und fuhr an den Straßenrand.

Jim-Willy schwang sein Bein über den Kiesboden und hielt auch an.

»Warst du schon mal bei einer Wahrsagerin?«, fragte ich.

»Bei einer Wahrsagerin? N-hein.«

Also musste ich ihn ein wenig darauf vorbereiten. Evelyn ist wirklich nett, wenn man höflich ist und über Dinge spricht, über die sie gern redet. Zum Beispiel über ihre Katzen. Die sind das Licht ihres Lebens, seit Nils Peder allergisch geworden ist. Ich sagte Jim-Willy, dass er um nichts in der Welt fragen durfte, woher sie kommt und so weiter, denn damit will sie nicht herausrücken. Unter uns gesagt, sagte ich, sie ist hier, weil Nils Peder eine Zeitungsannonce aufgegeben hatte. Und Jim-Willy musste auch daran denken, dass er auf keinen Fall nach der langen Narbe auf ihrer Wange und dem Handschuh an der einen Hand fragen durfte, denn dann konnte sie so schrecklich wütend werden, dass sie uns am Nacken packte und aus dem Haus warf. Morten war einmal vor die Tür gesetzt worden, erzählte ich, weil er fragte, ob Evelyn im Krieg gewesen war, wo sie doch so viele Narben im Gesicht hatte. Und sie packte ihn am Hosenboden und im Nacken und warf ihn hinaus.

Und da landete er in einem Zementmisch-Kübel. Nils Peder hatte gerade Füße für die Wäschepfähle gegossen. Morten war vermutlich einen Moment lang bewusstlos gewesen, und als er aufstehen wollte, kam er nur mit Mühe los, er saß im Zement fest. »Wenn wir sichergehen wollen, dann reden wir über die Katzen«, sagte ich.

»Na gut«, sagte Jim-Willy.

»Du freust dich doch bestimmt?«, fragte ich.

»Sicher.«

Das sagte er sehr leise.

Wir schoben unsere Räder zum Haus und lehnten sie an die Wand.

Ein kurzer Besuch

»Guten Tag, ihr lieben Kleinen, wie ist denn das Wetter? Und lebt Kristoffer noch, der alte Knauser?«, fragte Evelyn, als wir ins Haus kamen. Sie saß im Schaukelstuhl und rauchte eine ihrer langen, dünnen Zigarren. Sie rauchte immer mit einem weißen Mundstück, damit sahen die Zigarren noch länger aus, sie waren so lang und so dünn wie ein neuer Bleistift. Auf Evelyns Schoß saß eine gesprenkelte Katze mit anderthalb Ohren. Sie richtete ihren Ohrstummel auf und betrachtete uns aus zusammengekniffenen Augen. Sie wirkte nicht besonders freundlich. Evelyn war da ganz anders.

»Nehmt Platz, ihr lieben Kleinen, nun nehmt doch Platz.«

Ich hob zwei Katzen vom Sofa, damit Jim-Willy und ich nebeneinander sitzen konnten. Evelyn rauchte und schaukelte. Sie schaukelte und rauchte ziemlich lange. Und dann lächelte sie so breit, dass wir ihre großen, gelben Zähne sehen konnten, und fragte: »Und deine Mutter, arbeitet die noch immer in der Reinigung, Helene?«

»Ja.«

»Sie arbeitet viel zu viel, die arme Frau. Sie müsste jemanden haben, der sie versorgt.«

Ich sagte, meiner Mutter ginge es gut. Ich kaufte für sie ein und mein Vater schickte jeden Monat Geld.

Evelyn nahm die Zigarre aus dem Mund, hob das Kinn, sah mir sehr ernst in die Augen und sagte: »Dein Vater ist ein netter Mann. Ein sehr netter Mann. Vergiss das nicht.«

Ich nickte und erzählte, dass Jim-Willy Jim-Willy hieß und dass er gerade aus einem öden Kaff oben im Tal, wo fast kein Mensch wohnte, hergezogen war.

»Nun sieh mal an, nun sieh mal an, und wie geht es denn dem jungen Mann?«

Jim-Willy starrte den Boden an und gab keine Antwort, er blieb ganz stumm und zupfte an einer Wunde an seinem Finger herum.

»Erwarte bloß nicht zu viel, mein Lieber«, sagte Evelyn und blies Rauchwolken zur Decke hoch. »Die Menschen hier sind mit sich selber beschäftigt, das waren sie immer schon.«

»Er möchte sich gern die Zukunft weissagen lassen«, sagte ich, denn ich wusste, dass Evelyn nie ein Ende fand, wenn sie erst einmal über die Leute hier in Stranda sprach.

»Na gut«, sagte Evelyn, »her mit deiner Hand, dann wollen wir mal sehen.«

»Ich will nicht«, wimmerte Jim-Willy und versuchte, im Sofa zu versinken.

»Willst du nicht?«, fragte ich.

»Nein.«

»Was für ein Unsinn, das wollen doch alle.«

»Nein«, wimmerte Jim-Willy noch einmal und presste sich gegen die Wand.

»Jetzt mach schon, red kein Blech!«

»Ich WILL nicht!«

Meine Fresse! So viel Temperament hatte er also? Das hatte ich nicht gewusst.

Evelyn schien das auch zu überraschen. Sie drückte ihre Zigarre aus und griff sich eine Pralinenschachtel, die unter ihrem Schaukelstuhl auf dem Boden stand, nahm den Deckel ab und bot sie uns an. Ich nahm eine Praline mit Marzipan, Jim-Willy eine mit Gelee.

»Nehmt noch eine«, sagte Evelyn und schüttelte die Schachtel vor unserer Nase.

Wir griffen zu.

»So-o, er will also nicht wissen, was die Zukunft bringt. Nun gut.«

Jim-Willy kaute. Seine zweite Praline war auch mit Gelee gefüllt. Das schien seine Lieblingssorte zu sein.

»Deiner Freundin hier steht jedenfalls eine strahlende Zukunft bevor«, sagte Evelyn. »Für Menschen wie sie hat das Leben so manches in der Hinterhand.«

Das hatte ich schon oft gehört. Ehrlich gesagt hatte ich diese strahlende Zukunft, von der sie dauernd redete, ganz schön satt. »Um dich braucht uns nicht bange zu sein«, sagte sie immer. »Das Leben liegt offen da und wartet nur auf dich.«

Ich würde in der Welt gut zurechtkommen, meinte sie, weil meine Zeigefinger fast so lang sind wie meine Mittelfinger, und das ist ein sehr gutes Zeichen. Ich hatte inzwischen so meine Zweifel. Diese Zweifel hatte ich schon seit einer ganzen Weile. Vor allem, seit Beate mir von Mona und Morten erzählt hatte, und noch mehr, seit Elisabeth sich so sehr für Kaulquappen interessierte – und für Robert. Ich gab inzwischen keine fünf Öre mehr für die strahlende Zukunft, die sie mir versprochen hatte. Die Zukunft hatte ein wenig strahlender ausgesehen, als der Möbelwagen gekommen war, aber seit ich den Neuankömmling kannte, waren meine Zweifel wieder so groß wie vorher. Fast jedenfalls.

»Soso, junger Mann«, sagte Evelyn nach einer langen Zeit.

Sie wollte wohl nicht lockerlassen. »Und warum hat er solche Angst? Wovor fürchtet er sich? Hat er Angst vor dem Tod oder vor Krankheit und Verdammnis? Gib mir nur getrost deine Hand, dann werden wir schon sehen.«

Sie streckte ihre Hände aus, die mit dem Handschuh und die ohne, streckte sie nach Jim-Willy aus, und fast hätte sie seine rechte Hand erwischt, aber er war schnell, zog seine Hand zurück und versteckte sie hinter seinem Rücken.

Evelyn lachte. Alle ihre gelben Zähne waren zu sehen und auch einige schwarze weiter hinten. Es war kein angenehmes Lachen.

»Ist es vielleicht meine behandschuhte Hand, was den jungen Mann nervös macht?«, fragte sie.

Sie lachte noch immer, dann hustete sie.

Jim-Willy war knallrot angelaufen. Vor allem seine Ohren. Die waren fast lila.

»Äh ... nein ... d-das«, stotterte er, »... ich bin nicht ... äh ... hast du viele Katzen?«

»Katzen?«

»Ja. Miezekatzen.«

»Neun. Ich habe neun. Jetzt gib mir schon deine Hand, dann werden wir sehen, was das Leben einem wie dir zu bieten hat.«

»Äh ... ist die alt, die, die du auf dem Schoß hast?«

»Die? Vierzehndreiviertel. Jetzt her mit deinem Händchen.«

Jim-Willy hatte die Schultern so hoch gezogen, dass sie fast an seine Ohrläppchen stießen, und er saß so steif da, als ob er sich eine Holzscheibe unter den Pullover gesteckt hätte.

»Das tut doch nicht weh«, flüsterte ich.

Er drehte sich halb um und sah mich an. Er sah nicht glücklich aus.

Evelyn lachte nicht mehr. Sie verzog den Mund auf eine Weise, wie ich das noch nie gesehen hatte.

»Aha. Vielleicht gefällt ihm mein Gesicht nicht. Vielleicht hat er noch nie eine Narbe gesehen ...«

»Die ... die ...«, stammelte Jim-Willy, »die brauchen sicher viel Futter, solche Miezekatzen, die ...«

Ich sah, wie Evelyn sich aufblies, wie sie Luft holte und wie ihre Augen hervorquollen. Ihre Augen waren groß und weiß. Sie holte noch einmal tief Luft, dann fauchte sie, dass ihre Spuckeperlen nur so spritzten:

»Verdammter Lümmel! Beantwortet keine Fragen, hat keine Manieren! RAUS! RAUS MIT DIR! RAHAUS!«

Sie war aus ihrem Schaukelstuhl aufgesprungen, die Katze hüpfte auf den Boden und versteckte sich unter dem Ofen, eine andere Katze kam unter dem Tisch hervorgejagt und schlüpfte ebenfalls unter den Ofen. Evelyn fuchtelte mit den Händen, stampfte mit dem Fuß auf und fauchte.

Jim-Willy war schon draußen. Er war in einem Affenzahn aus dem Zimmer gestürzt. Ich stand bei der Küchentür und wusste nicht so recht, was ich sagen sollte.

»Danke für die Pralinen«, sagte ich und machte sicherheitshalber einen Knicks.

»Ungezogene Banausen, kennen keinen Respekt!«

Sie schimpfte noch weiter, als auch ich schon auf der Straße stand, aber jetzt konnte ich nicht mehr verstehen, was sie sagte.

Jim-Willy lief mit seinem Fahrrad zur Straße hoch. Ich rannte auch los und holte ihn ein. Er keuchte und stöhnte. Und als ich ihn erreichte, sah ich, dass er Tränen in den Augen hatte.

»Die ist doch knatschverrückt, die Alte«, schluchzte er.

»Aber nein«, sagte ich. »Sie ist nett, sie ist nur ein bisschen ... hitzig.«

»Ein bisschen!«

Jim-Willy nahm eine Hand vom Lenker und wischte sich die Backen ab. »Ich will nach Hause«, murmelte er.

»Mhm«, sagte ich. »Wir sind ja schon unterwegs.«

»Nicht *dahin*! NACH HAUSE!«

Und jetzt begriff ich.

Der längste und traurigste Tag

Danach sah ich Jim-Willy zwei Tage nicht wieder. Er hing wieder über seinen Briefmarken und wollte nicht aus dem Haus kommen. Er wollte nicht einmal seine Mansarde verlassen. Am ersten Tag war ich viermal an der Tür, am zweiten dreimal. Ich klopfte und rief durch Schlüsselloch und Türspalt, aber er gab keine Antwort, bleib ganz stumm, er war still wie ein Indianer. Und die Tür blieb zu. Nichts ist so traurig wie eine verschlossene Tür, das fand Sally offenbar auch. Sie seufzte jedes Mal tief, wenn ich von der Mansarde zurückkam. Seufzte und griff zu den Lakritzschiffchen.

Das Haus war jetzt richtig schön. Die Pappkartons hatten sie weggeräumt, auf dem Tisch lag eine Tischdecke, sie hatten Kerzenleuchter und alles, was man in einem Haus brauchen kann. Der Vater arbeitete in einem Büro, Sally war zu Hause, passte auf die Winzlinge auf und wartete auf das Baby. Jim-Willy passte auf sich selber auf. Ich hätte gern gesehen, was er oben in seiner Mansarde so trieb, was er mit seinen Briefmarken machte, aber die Aussichten waren nicht gut. Ich sagte wahrheitsgemäß zu Sally, dass es in Stranda üblich wäre, die Tür aufzumachen, wenn jemand klopfte. Sie nickte. Nickte und seufzte. Als sie endlich den Mund aufmachte, sagte sie, durch diese Sache müsste er einfach hindurch. Ich wusste, dass sie Jim-Willy meinte, aber ich konnte nicht fragen, was das für eine Sache war, denn plötzlich sah sie ganz komisch aus, zog das Taschentuch aus der Tasche, in der sie keine Lakritzschiffchen aufbewahrte, drehte sich weg und putzte sich die Nase. Janne und Johnny kamen und wollten Brote mit Leberwurst und Brote mit Salami und Majonäse und mit Salami ohne Majonäse und mit Banane und Marmelade und mit Banane ohne Marmelade. Und sie wollten Milch. Sie machten ein wüstes Geschrei, johlten und grölten. Ich zog die Schuhe an, die ich an der Haustür abgestellt hatte, und verabschiedete mich.

»Mach's gut, Helene«, sagte Sally, »und danke für den Besuch.«

Sie putzte sich noch einmal die Nase.

»Gern geschehen«, sagte ich.

Auf der Treppe draußen fiel mir etwas ein, ich machte die Tür wieder auf, wollte aber meine Schuhe nicht noch einmal ausziehen, und deshalb rief ich:

»ISST ER?«

»Was?«, fragte Sally. Sie war mit den vielen Broten mit dem vielen Aufstrich beschäftigt.

»ISST JIM-WILLY?«, brüllte ich.

»Sicher«, antwortete sie. »Er isst.«

Ich fuhr nach Hause. Wie immer zu einem leeren Haus. Ich dachte an das, was Evelyn gesagt hatte – dass Mama jemanden brauchte, um versorgt zu sein. Dann könnte sie mitten am Tag zu Hause sein und für mich Brote schmieren. Vielleicht könnte sie dann auch in einem Schaukelstuhl sitzen. Das wäre gemütlich. Ich aß zwei Brote mit Salami. Eins mit Majonäse und eins ohne.

Als ich zum Laden fuhr, um Brot und Milch und Kaviar und zwei Bananen zu kaufen, sah ich sie zum ersten Mal zusammen. Mona und Morten. Sie bogen gerade um die Ecke bei der Tankstelle, als ich vorbeikam. Ich sah nur ihre Rücken und ihre Gepäckträger. Das heißt, ich sah nur Monas Gepäckträger. Morten hatte seinen abmontiert. Und das Schutzblech auch. Das hatte er im letzten Jahr gemacht, als er oben im Wald Geländerennen gefahren war. Jetzt hatte er keinen Gepäckträger, auf dem Mona sitzen konnte. Sie musste auf ihrem eigenen Fahrrad losgurken. Und das war eine alte Schrottmühle, kaum besser als meine.

Auf der Treppe vor dem Laden begegnete mir Elisabeth. Sie kam gerade mit einem *Donald*-Heft in der Hand heraus.

»Ach, liest du *Donald*?«, fragte ich.

»Ab und zu«, sagte sie und hatte es so eilig, dass sie fast gestolpert wäre. Ich grinste und ging an ihr vorbei.

Als ich mit Milch und Brot und Kaviar und den Bananen nach Hause kam, dauerte es noch immer drei Stunden, bis Mama von der Arbeit kommen würde. Ich aß eine Banane. Als ich die Banane aufhatte, aß ich noch eine. Ich blätterte in einem Mickymaus-Heft. In einem alten. Ich kannte es fast auswendig. Dann holte ich mir die Karten aus dem Wohnzimmer. Ich legte eine Königspatience und fragte, ob Jim-Willy am nächsten Tag aus seiner Mansarde kommen würde. Eine Weile sah die Sache gut aus, aber dann blieb ich stecken. Ich schummelte dreimal, aber trotzdem ging die Patience nicht auf.

Wenn wir noch mehr Bananen gehabt hätten, dann hätte ich noch eine gegessen.

Das war bisher der längste und traurigste Tag in den ganzen Ferien. Es war wie bei Regen, dabei schien draußen die Sonne. Fast wenigstens. Ich spielte eine Zeit lang mit dem Gedanken, bei Beate vorbeizuschauen. Die hat jede Menge Barbiepuppen und Barbiekleider, Abendkleider und Tennisröckchen und Reithosen und alles Mögliche. Ich hatte Beate seit dem Tag nicht mehr gesehen, an dem ich sie nach Hause gejagt hatte. Es war sicher besser, sie nicht zu besuchen. Ihre Mutter hatte es sicher nicht gefallen, dass ich ihr Kind als »Klopilz« bezeichnet hatte. Manche Mütter können so gut wie nichts vertragen. Und die von Beate verträgt am allerwenigsten von allen Müttern hier in der Gegend.

Lieber blieb ich ihr vom Leibe. Vielleicht sogar bis Weihnachten.

Ein aufmunternder Brief

»Helene, bist du krank, Helene?«

Zuerst begriff ich nicht, wo ich war oder wer da herumschrie oder was Sache war. Erst nach mindestens einer Minute ging mir auf, dass meine eigene Mutter mich in den Arm kniff, meine Schulter schüttelte und mir einen Klaps auf die Wange gab.

»Aufhören!«, rief ich.

»Bist du krank, liebes Kind?«

»Nein.«

Ich lag auf dem Bauch auf dem Sofa und hatte die Arme unter dem Bauch verschränkt. Es war warm und gut und ich hatte mich eigentlich ganz wohl gefühlt, ehe sie gekommen war, um zu heulen und zu schreien und mich zu quälen, an meinem Arm zu ziehen, an meiner Handfläche herumzufummeln und mir mit ihren rauen Fäusten die Stirn zu zerkratzen.

»Hände weg!«, sagte ich.

Sie plapperte etwas davon, dass mir doch irgendetwas fehlen müsste, und wenn ich kein Fieber hätte, wär's vielleicht etwas mit dem Magen, ob ich auf dem Klo gewesen wäre. Ich wusste, dass sie mich erst in

Ruhe lassen würde, wenn sie überall an mir herumgedrückt und gepresst und nach Ausschlag am Rücken und Blutvergiftung unter den Füßen und Belag auf der Zunge und allem anderen gesucht hätte, wonach sie immer Ausschau hält, wenn Oma klagt, dass sie sich matt und schwach fühlt. Oma wird gern untersucht. Sie ist richtig glücklich, wenn sie den Verdacht hat, sie könnte auf einen rostigen Nagel getreten sein und sich vielleicht eine Blutvergiftung eingefangen haben, weil sie so ein komisches Gefühl hat. Ich finde es komisch, dass Mama immer wieder darauf reinfällt, und das habe ich auch einmal gesagt, als Oma hier war und ihr alles wehtat. »Pst«, sagte daraufhin Mama, »Fürsorge brauchen eben alle.«

Aber ich brauchte das nicht und deshalb sprang ich vom Sofa auf und stürzte aus dem Haus, in Sicherheit, ins Freie. Ich setzte mich auf den Rasen und gähnte. Und gähnte noch einmal. Und noch einmal. Ich war seit dem ersten Weihnachtsfeiertag nicht mehr so müde gewesen und damals hatte ich zwei Nächte lang nicht geschlafen. Zuerst in der Nacht vor dem Heiligen Abend, weil ich so gespannt gewesen war, ob Papa kommen würde, und dann in der Nacht nach dem Heiligen Abend, weil ich mich so über all die schönen Sachen freute, die Papa Mama und mir zu Weihnachten geschenkt hatte. Mama ließ mich den ganzen Tag lang schlafen. Ich stand nur zweimal zum Essen auf.

Aber jetzt ließ sie mir keine Ruhe. Ich konnte mich nicht mal kurz aufs Sofa legen, ohne dass alle Welt über mich hereinbrach und mir alle möglichen Krankheiten anhängen wollte.

»Hast du Bananen gekauft?«

Das war sie schon wieder. Auf der Treppe. Aber jetzt wirkte sie ein wenig gelassener.

»Ja.«

»Und wo hast du die versteckt?«

»Die habe ich aufgegessen.«

Sie seufzte. Ich konnte das nicht hören, aber ich konnte es sehen. Aha, sagte sie, dann gibt es also heute Abend nicht den Nusskuchen mit Bananen, zu dem ich Sigrid eingeladen habe. Dann muss ich eben Waffeln backen.

Waffeln klang gar nicht schlecht. Ich legte mich ins Gras und sah die Wolken an. Eine Wolke hatte Ähnlichkeit mit Jim-Willy. Derselbe dünne Hals, derselbe Knick im Nacken, dieselbe runde Stirn.

Ich ging ins Haus. Mama briet gerade einen Fisch.

Von mir aus.

Sie sagte, es wäre kein Wunder, wenn sie Angst hatte und glaubte, ich wäre krank, wo ich doch zuletzt mit zwei Jahren bei helllichtem Tag geschlafen hätte. Ich hatte nur einen einzigen Rückfall gehabt, nämlich im letzten Jahr am ersten Weihnachtsfeiertag. Ich war doch so ein lebhaftes Kind, das nie müde wurde, sagte sie. Kann schon sein, sagte ich, aber es gibt doch Grenzen dafür, wie lebhaft man sein kann, wenn man immer ganz allein ist.

Allein? Ich hätte doch haufenweise Freunde, meinte sie.

»NEIN!«, brüllte ich so laut, dass sie einsah, sie sollte lieber die Klappe über Dinge halten, von denen sie nicht die geringste Ahnung hatte.

»Na gut«, murmelte sie und tischte ihren Fisch auf.

Nach dem Essen meinte Mama, ich sollte meiner Oma einen Brief schreiben. Die würde sich freuen. Sicher würden ihr die Tage lang, wo sie doch den ganzen Tag allein herumpusseln musste. Und nichts könnte dann so aufmuntern wie ein Brief.

Liebe Oma, schrieb ich. *Liebe Oma*, schrieb ich dann noch einmal, über das erste *Liebe Oma*. Und darüber schrieb ich dann ein drittes Mal *Liebe Oma*. Dadurch wurde meine Schrift sehr dick und klar. Ein guter Anfang. Mehr fiel mir dann aber nicht ein. Ich wusste nicht, was ich schreiben sollte, es passierte ja nichts.

»Schreib einfach irgendwas, schreib, wie es dir geht«, zwitscherte meine Mutter.

Na gut.

Liebe Oma,
ich war ganz schwach und matt und Mama hatte Angst, es könnte eine Blutvergiftung oder eine Gehirnentzündung sein. Ich bin den ganzen Tag allein. Ich kaufe für Mama ein und helfe im Haushalt. Es ist traurig, dass ich keine Freunde habe und dass mein altes Fahrrad zu klein ist, aber ein neues können wir uns nicht leisten. Elisabeth hat eins mit fünf Gängen. Ich habe Blasen, weil mir meine Schuhe zu klein sind. Mama will heute Abend Waffeln backen und darauf freue ich mich.
Mach's gut, liebe Oma. Ich hoffe, du bist gesund. Liebe Grüße von deiner Enkelin Helene, elf Jahre

Noch ist nicht aller Tage Abend

Ich wusste, dass ich mir etwas ausdenken musste, wenn ich nicht vor Ende der Sommerferien krepieren wollte. Ich habe von Leuten gehört, die sich zu Tode gelangweilt haben.

Noch so ein Nickerchen bei helllichtem Tage und ich würde nie mehr aufwachen, da war ich mir sicher.

Auf Elisabeth konnte ich nicht mehr zählen, zu Beate durfte ich mich erst wieder zu Weihnachten trauen und Mona war für diese Welt verloren. Und das galt auch für Robert und Morten.

Ich musste es schaffen, die Butterblume aus dem Haus zu locken.

Aber wie? Ich konnte doch nicht einfach klingeln und warten und Lakritzschiffchen essen und mit Sally über das Wetter und das Baby und Jim-Willys Appetit reden und über die alten Tage, als Frau Sigvaldsen ihre Schmalzkringel in einer roten Dose aufbewahrte. Ich musste mir etwas Neues ausdenken. Etwas Neues und sehr Schlaues.

Es stimmt nicht, was Mama behauptet, nämlich, dass die Menschen sich nicht verändern, egal wie alt sie auch werden. Ich bin sicher, dass auch Papa sich geändert und die Feiertage gelernt hätte, wenn sie ihm eine Chance gegeben hätte. Man kann die Leute nämlich doch ändern. Das habe ich beobachtet. Wenn es möglich ist, Leute, die immer auf dem Fahrrad gesessen haben, dazu zu bringen, dass sie den ganzen Tag ganz still hinter einer Tankstelle sitzen und knutschen, und wenn man Leute, die spielen und kichern und Fußball und Völkerball spielen, dazu überreden kann, die ganze Zeit im Keller herumzuhängen und Kaulquappen zu füttern, dann muss es auch möglich sein, Briefmarkensammler von ihren verdammten Briefmarken loszueisen. Noch ist nicht aller Tage Abend, dachte ich. Ich darf einfach nicht aufgeben.

Ich setzte mich hin, um nachzudenken. Ich setzte mich auf die Treppe, denn frische Luft ist gut für das Gehirn.

Ich dachte an alles Mögliche. Ich dachte an einen Einbruch. An einen netten, kleinen. Ohne geknackte Schlösser und eingeschlagene Fensterscheiben und Glasscherben auf dem Boden und Winzlinge, die verbluten, und Schocks und Albträume und überhaupt. Nein, ich dachte an einen ganz vorsichtigen Einbruch. Wenn ich zum Beispiel eine Leiter an das offene Fenster der Butterblume anlehnte und still und ruhig nachts dort einstieg und brav auf einem Stuhl saß und wartete, bis er aufwachte, dann müsste er sich doch geschlagen geben. Dann müsste er doch kapieren, dass er sich nicht mehr drücken konnte. Dass er aus dem Haus kommen und spielen und sich amüsieren und sich wie ein anständiger Mensch benehmen müsste.

Das einzige Problem war die Leiter. Sie musste lang genug sein. Wir hatten selber nur eine alte, morsche Holzleiter, die nicht einmal halbwegs bis zum Mansardenfenster reichen würde. Und bei Jim-Willy hatte ich nur eine halsbrecherische Trittleiter mit allerlei Farbflecken gesehen.

Das war wirklich schwierig. Vermutlich ein wenig zu schwierig.

Ich musste mir etwas anderes ausdenken. Etwas Leichteres. Etwas, das schnell und glatt laufen würde.

Feueralarm!

Feueralarm bringt die Leute immer auf Trab! In der Schule haben wir drei Feuermelder, die hinter Glas und Rahmen an der Wand hängen. Das Glas ist ganz dünn, man kann ganz leicht ein Loch hineinklopfen. Weshalb dauernd irgendwer klopft. Und dann kommen wir an die frische Luft und können eine Runde herumrennen. Das ist immer ausgesprochen aufmunternd.

Aber ob es bei Jim-Willy überhaupt einen Feuermelder gab? Ich konnte mich nicht erinnern, einen gesehen zu haben. An der Wand hing jedenfalls keiner. Vielleicht ist es nicht üblich, in der Wohnung Feuermelder anzubringen?

Ich dachte noch eine Weile nach. Dachte an die Sache mit der Uhr. Aber das gab ich dann gleich wieder auf. Ich weiß nicht, mit was für einer Uhr Mona Morten gelockt hatte, aber meine war jedenfalls winzig klein und hatte Kratzer im Glas und einen zerfetzten hellroten Riemen. Ich brauchte nicht hellseherisch zu sein, um zu wissen, dass Jim-Willy nie im Leben so eine Uhr tragen würde. Wo er doch eine Taucheruhr hatte.

Und dann wusste ich es.

Plötzlich sah ich die Lösung glasklar vor mir.

Kaulquappen!

Schließlich hatte Elisabeth Robert doch mit Kaulquappen an sich gerissen und ihn gezähmt!

Kaulquappen. Natürlich.

Es führt kein Weg daran vorbei

Kaulquappen fangen ist gar nicht schwer. Im Weiher beim Sägewerk wimmelt es nur so von ihnen. Es gibt Millionen, Billionen, der ganze Weiher quillt schon fast über. Manchmal schwimmen sie so dicht beieinander, dass man sie fast schon aus dem zähen, glitschigen Schlamm schneiden muss. Es war eine ziemliche Leistung von Elisabeth, dass sie eine ganze Portion aus dem Weiher gefischt hatte. Wo sie doch so eine Zimperliese ist. Angst davor hat, sich Hände und Kleider schmutzig zu machen. Wirklich nicht schlecht. Vermutlich die mutigste Tat ihres Lebens. Und die klügste. Jetzt hatte sie Robert ganz für sich allein. Robert ließ sich nicht mehr sehen. Saß zusammen mit seiner Busenfreundin in der Waschküche im Keller und pusselte mit seinen Schmusetieren herum.

Schmusetiere – das war die Lösung.

Ich musste mal beim Weiher vorbeischauen.

Daran führte kein Weg vorbei.

In der Abstellkammer haben wir allerlei Töpfe und Gefäße, die wir nicht jeden Tag benutzen – Beereneimer, Thermosflaschen, Marmeladengläser und Saftflaschen mit und ohne Saft. Für Kaulquappen sind die Marmeladengläser am besten. Da können die Kaulquappen die Welt sehen und sich amüsieren.

Aber die Marmeladengläser, die ich in der Abstellkammer fand, waren ziemlich klein. Und es ist überhaupt nicht witzig für die Kaulquappen, wenn sie es zu eng haben. Außerdem macht sich ein winziges Glas als Geschenk überhaupt nicht gut.

Im obersten Regalfach stand ein etwas größeres Glas mit einer komischen braunen Brühe. Ich drehte den Deckel ab und roch daran. Heiliger Kranich, was für ein Gestank! Alter Saft, der in der Hitze angefangen hatte zu gären und der ranzig und ekelhaft geworden war. Ich ging mit dem Glas aufs Klo, kippte das Stinkezeug weg und spülte das Glas mit Spülmittel ganz sorgfältig aus. Es sah neu und blank aus. Hier würden die Tierchen sich wohl fühlen. Das war etwas ganz anderes als das Schlammloch, an das sie gewöhnt waren. Ich würde frisches Wasser einfüllen und es richtig gemütlich für die Viecher machen.

Ich steckte das Glas in eine Plastiktüte und hängte die Tüte an meinen Fahrradlenker. Und dann fuhr ich los.

*

Sie wuselten hin und her, in Scharen von vielen hundert. Wenn sie in einer Richtung gewuselt waren, machten sie kehrt und jagten wie bescheuert in die andere. Und sie machten alle in genau derselben Sekunde kehrt. Sie hatten sicher eine Art Sprache, sonst ließ sich das einfach nicht erklären.

Ich ging bis zu den Knöcheln ins Wasser. Ich hatte meine weißen Seglerstiefel an. Wenn ein Schwarm vorbeikam, kitzelte das an den Knöcheln. Der Boden war weich. Es war schön, da zu stehen. Aber ein bisschen glatt.

Ich ging noch weiter hinein. Wups! Es war wirklich schweinemäßig glatt. Ich streckte die Arme zur Seite, um nicht aus dem Gleichgewicht zu geraten. Ich musste es schaffen, auch wenn es glatt war. Ich musste es einfach schaffen.

Den Deckel hatte ich am Ufer liegen lassen. Ich war bereit, blitzschnell in die Hocke zu gehen und den nächsten Schwarm einzusacken, der vorbeikam. Aber im Moment waren sie im Schilf auf dem anderen Ufer, teilten sich dort wie ein Fächer, weil es so viele Schilfhalme gab, dann schlossen sie sich wieder zu einem richtigen Schwarm zusammen und dann ... dann machten sie kehrt, jetzt kamen sie, jetzt brauchte ich mich nur ein wenig zu bücken und ihnen das offene Glas hinzuhalten, das Glas vor den Schwarm zu halten, ganz still zu stehen, ganz sicher, nicht auszurutschen, ihnen keine Angst einzujagen, nicht zu atmen, nur das Glas ruhig, ganz ruhig ins Wasser halten. Jetzt ... da waren sie! Achtung, fertig, los, keuchte ich und ging in die Hocke. Aber bei »los« rutschte mein Fuß weg, landete im Schlamm, versank im weichen Boden, der andere Fuß rutschte hinterher, mit einem Schwupp waren meine Stiefel verschwunden, sie waren einfach weg, und meine Waden ...

Und dann hatte ich das Gefühl, langsam hin und her zu schwanken, wie ein Baum im Wind, mit Wurzeln im Boden, ganz fest sitzenden Wurzeln, genauso fest hatten meine Füße sich in den Schlamm gebohrt, während ich immer wilder hin und her schwankte, und dann ... machte es PLATSCH und da lag ich. Auf dem Bauch. Ich spuckte und würgte und hustete. Mein Mund war voll, meine Nase, meine Ohren. Ich fuchtelte und schlug um mich. Aber je mehr ich fuchtelte und schlug, umso tiefer versank ich. Meine Knie bohrten sich in den weichen Boden, meine Arme ebenfalls, tiefer und tiefer bohrten sie sich in die zähe, glatte Dunkelheit. Tiefer und tiefer. Ich schrie. Heulte aus voller Kehle. »MAMA-A-A-A ...«, heulte ich.

Aber ich wusste, dass Mama in der Reinigung war, weit weg von mir. Sie konnte mich nicht hören. Niemand konnte mich hören. Hier war niemand. Ich war ganz allein. Der Schlamm reichte mir jetzt bis zu den Ellbogen, bald würden auch meine Schultern versinken. Mein Hals, mein Kinn ...

»Mama-a-a, Hiiiilfe!«, rief ich, aber jetzt war fast nichts mehr zu hören, meine Stimme wollte mir nicht gehorchen, auch sie war verschwunden. »*Mama-a-a-a* ...«

Ich versank. Ich würde verschwinden. Begraben werden. Verschwinden und nie wieder gefunden werden. Ich würde nur einen blöden Deckel am Ufer hinterlassen. Und niemand, niemand wusste, dass es mein Deckel war.

Aber dann spürte ich etwas. Etwas Hartes. Etwas Hartes unter meinem Knie. Ich stieß gegen etwas. Und das gab nicht nach. Konnte das ...? War das wirklich ...? Da ... da war auch noch mehr. Unter dem anderen Knie. Und auch das war hart und spitz.

Stein! Boden! Fester Boden!

Ich sammelte all meine Kräfte, presste die Knie gegen das Harte, Feste und konnte die Arme aus dem Schlamm ziehen. Erst den einen. Und dann den anderen. SCHWUPP, SCHLÜRF KLUCK-kluck-kluck, machte der Schlamm. Modder und Soße spritzten, hüllten mich richtig ein, trafen mich im Gesicht, in den Augen, überall. Aber meine Arme waren frei. Beide Arme! Ich streckte den einen aus und erwischte einen Zweig. Der hing von einer Birke hinter mir herunter – ein langer Zweig, aber besonders dick war er nicht. Eigentlich war er sogar ziemlich dünn. Ach, wenn er doch nur hielt! Wenn er doch nur hielt! Ich verrenkte mir fast den Bauch, aber ich erwischte den Zweig auch noch mit der anderen Hand. Und dann zog ich. Aus Leibeskräften. Ich hing an dem Zweig und krabbelte und zappelte und platschte und zog.

Er hielt! Der Zweig hielt!

Bald war mein halber Oberkörper an Land. Ich bohrte die Ellbogen in den Sand und zog mich noch ein Stückchen weiter – und noch ein Stückchen.

Ich hustete und würgte noch immer. Der Schlamm lief mir übers Gesicht, meine Augen brannten, ich war blind, aber das spielte keine Rolle, es spielte keine Rolle.

Ich hatte festen Boden unter den Füßen!

Festen Boden unter dem ganzen Leib!

Ich lag flach auf dem Boden und tastete um mich herum. Erde und Gras, Steine und Heidekraut und Moos. Alles fest.

Ich war gerettet!

Gänsehaut

Das Glas schwamm im Weiher und drehte sich langsam um sich selber.

Ich hatte mir den Dreck aus den Augen gewischt. Hatte mein T-Shirt ausgezogen und als Waschlappen benutzt. Jetzt konnte ich wieder sehen. Aber ich fror. Ich saß auf dem Boden und klapperte mit den Zähnen.

Das Glas schwamm auf dem Weiher herum und erinnerte mich daran, warum ich gekommen war, was ich hier zu tun hatte. Der Deckel lag neben mir und erinnerte mich auch daran.

Ich konnte jetzt nicht einfach aufgeben. Ich hatte es vorhin doch fast geschafft. Nur ein winzig kleiner Schritt zur Seite war mein Fehler gewesen. Ich hatte es fast geschafft, so kurz davor war ich gewesen.

Meine Stiefel gluckst en, als ich aufstand. Ich hatte sie nicht ausziehen können, sie saßen an meinen Füßen wie angewachsen.

Ich ging ans Weiherufer. Ein bisschen wackelig auf den Beinen, aber das lag daran, dass mir so schrecklich kalt war. Dann sah ich mir eine Zeit lang das

Wasser an. Dachte nach. Wenn ich ganz vorsichtig wäre, müsste es möglich sein. Ich brauchte doch nicht tief ins Wasser zu gehen. Auch ziemlich nahe am Ufer würde ich es wohl schaffen. Wenn ich nur einigermaßen sicher stand, konnte ich mich bestimmt strecken. Wer festen Boden unter den Füßen hat, kann sich fast unendlich weit strecken.

Das Glas war jetzt näher ans Ufer herangetrieben worden. Ich reckte mich, setzte die Fußspitzen ein Stück weit ins Wasser. Und wips, schon hatte ich das Glas erwischt.

Das war doch ganz einfach.

Jetzt musste ich nur den Rest noch schaffen.

Ich setzte auch die Absätze ins Wasser. Tastete mich vorsichtig weiter. Erst mit einem Fuß, dann mit dem anderen. Meine blöden Knie zitterten ganz schön arg. Und meine Beine piksten. Piksten und stachen überall. Es stach sogar in meinem Nacken. Und im Rücken. Und an den Armen. Und die ganze Zeit hörte ich das blöde Geräusch meiner Zähne, die einfach keine Ruhe geben wollten. Aber ich ging weiter. Mit winzig kleinen Schritten. Erst mit dem rechten Fuß, dann mit dem linken. Blieb stehen und tastete wieder. Und dann wieder ein Schritt mit dem rechten Fuß. Und mit dem linken. Ich hatte mit jedem Fuß drei Schritte gemacht, als mein rechter Fuß plötzlich zur Seite rutschte und im weichen Matsch landete.

Mein Herz machte einen Sprung. Die Kaulquappen wurden gleich viel schneller und wutschten in alle Richtungen auseinander.

Ich weiß nicht so recht, was dann passiert ist, aber noch bevor ich denken oder schreien oder sonst was konnte, hatte ich mein Gleichgewicht wieder gefunden. Und beide Füße waren noch da, nebeneinander. Ich stand! Meine Füße waren da, wo sie hingehörten. Nach und nach war das dann auch bei meinem Herzen der Fall. Ich gab mir alle Mühe, sehr, sehr langsam zu atmen.

Auch die Kaulquappen beruhigten sich. Versammelten sich am anderen Ufer, sowie sich die Wellen wieder gelegt hatten, versammelten sich, um kehrtzumachen.

Jetzt ging es um die Wurst.

Um die Wurst ging es jetzt.

Ich ging in die Knie. Das war schwierig, weil sie so steif waren. Aber es ging. Dann senkte ich die Arme und streckte die eine Hand aus, die, in der ich das Glas hatte. Ich hielt die Glasöffnung dem Schwarm entgegen. Der kam immer näher, dicht und eng beieinander näherte er sich. Ich hielt den Atem an, biss die Zähne zusammen, damit sie keinen Lärm mehr machten, hielt das Glas ganz fest – und machte mich ganz lang. Und der Schwarm steuerte direkt auf das Glas zu. Ich brauchte dann nur noch meine Hand zurückzuziehen und schon hatte ich sie.

Und dann stand ich an Land.

Mit dem Glas in der Hand.

Ich hatte es geschafft.

★

Auf dem Heimweg begegnete mir niemand. Ich hatte mir schon überlegt, was ich sagen sollte, wenn mir zum Beispiel Elisabeth begegnete und wissen wollte, warum ich so aussah und was passiert war und warum ich meine Stiefel auf dem Gepäckträger hatte und warum und weshalb und überhaupt in alle Ewigkeit. Und dann wollte ich sagen: »Das geht dich ja wohl nichts an, du verdammtes Flittchen, heb dich weg von hier, ehe ich dir meinen Stiefel in den Hals ramme, du albernes Gespenst.«

Das hätte ich gesagt, wenn mir jemand begegnet wäre.

Ich zog mich auf dem Flur aus, trug meine Kleider ins Badezimmer und steckte sie in einen Eimer. Die Stiefel leerte ich über der Badewanne aus. Eine winzige Kaulquappe sprang heraus und verschwand im Abfluss.

Ich ging unter die Dusche. Ich hatte jede Menge

Dreck in den Haaren. Schwarze Bäche flossen an mir hinunter. Ich schrubbte mir die Kopfhaut, die Ohren, die Fingernägel, alles. Danach trocknete ich mich ab, bis ich ganz außer Atem und von der Stirn bis zum großen Zeh rot war. Suchte mir saubere Kleider. Zog mich an. Ging ins Wohnzimmer und setzte mich aufs Sofa. Meine Tränen fielen auf mein T-Shirt und in meinen Schoß. Sie hörten nicht auf. Sie fielen und fielen.

★

Ich saß noch immer auf dem Sofa, als Mama kam.

»Was hast du denn auf der Treppe für eine Schweinerei veranstaltet?«, fragte sie.

Ich gab keine Antwort. Sie starrte mich an. Kam näher.

»Aber was ist denn los mit dir, Kind?«

Ich gab noch immer keine Antwort.

Das tat ich erst, als sie sich zu mir aufs Sofa setzte und mir den Arm um die Schultern legte und mich hin und her wiegte, wie sie das oft macht. Da erzählte ich ihr die ganze Geschichte. Ich sah, dass sie eine Gänsehaut bekam, und deshalb übertrieb ich ein bisschen und erzählte, wie ich bis zum Hals und noch weiter eingesunken war, bis ungefähr dahin, wo die Ohren anfangen.

Und sofort bekam sie wieder eine Gänsehaut.

»Aber hast du dann wirklich noch Kaulquappen gefangen, als du wieder auf den Beinen warst? Nachdem du fast ertrunken wärst?«

Sie riss die Augen sperrangelweit auf und wollte fast ihren Ohren nicht trauen.

»Ja«, antwortete ich.

»Dass du dich das getraut hast!«

»Ja.«

»Du bist wirklich ein zäher Brocken!«

»Ja.«

Und dann musste ich noch einmal eine Runde weinen.

Ein wahres Wunder

Jim-Willy würde total begeistert sein. Er würde hin und weg sein. Kaulquappen – das war doch etwas ganz anderes als Briefmarken! Briefmarken sind sicher gut und schön, wenn man nichts Besseres hat, womit man sich beschäftigen oder um das man sich kümmern kann, aber auf die Dauer ist es bestimmt öde, stocksteif dazusitzen und mit einer Menge Papier herumzupusseln. Kaulquappen sind lebendig und tote Dinge können sich niemals mit lebendigen Wesen messen. Niemals!

Es würde schön für Jim-Willy sein, sich für etwas anderes interessieren zu können. Kaulquappen machen sich nicht weiter wichtig, sie machen keinen Krach und hüpfen auch nicht durch die Gegend. Und deshalb wären sie perfekt für Jim-Willy, der gern Ruhe um sich hat. Er könnte sich das Glas auf den Schreibtisch stellen. Und dann könnte er sie im Licht betrachten, das durch das Fenster hereinfällt, könnte sehen, wie sie wuchsen und gediehen. Kaulquappen wachsen so schnell. Man kann ihnen beim Wachsen zusehen. Sie schwimmen umher und amüsieren sich, und wenn sie ein paar Runden geschwommen sind, dann ist ihr Schwanz ein bisschen länger geworden und ihre Schnauze ein bisschen spitzer. Bald ist der Schwanz so lang, dass sie damit winken können, und dann können sie die anderen Kaulquappen damit anstoßen und herumjuxen und Spaß haben.

Wir könnten zusammen an Jim-Willys Schreibtisch sitzen und ihnen zusehen. Es ist nett, mit Kaulquappen zusammen zu sein. Sie müssen gefüttert werden und dafür muss ja irgendjemand zuständig sein. Und sie brauchen Luft. Man muss darauf achten, dass der Deckel nicht zu fest auf dem Glas sitzt. Der Deckel muss einen Spaltbreit offen sein, sonst fallen die Kaulquappen in Ohnmacht. Und wenn sie lange keine Luft kriegen, dann gehen sie ganz einfach ein. Wenn ihr Schwanz richtig lang wird und sie Füße und andere Körperteile bekommen, dann müssen sie in eine größere Wanne umziehen. Aber wenn sie wie kleine Frösche aussehen, dann muss man sie in den Weiher zurückbringen. Denn dann ist es Tierquälerei, sie noch länger in einem Gefäß zu behalten. Plötzlich springen sie über den Rand und verschwinden unter dem Bett und da sterben sie, denn sie brauchen Wasser, viel Wasser.

Es würde lustig werden.

Wir würden jede Menge Gesprächsstoff haben.

Wir könnten die Kaulquappen die ganzen Ferien

über auf dem Zimmer haben. Und dann könnten wir sie nach und nach zum Weiher bringen. Sie hineinschubsen und ihr Leben leben lassen. Wenn Jim-Willy den Weiher sah, würde er sicher fragen, wie in aller Welt ich es geschafft hätte, die Kaulquappen zu fangen, in diesem entsetzlichen Schlammloch – so glitschig und schwarz und glatt und fies. Und ich könnte erzählen, wie ich ertrunken bin. Dass ich fast ertrunken wäre. Zweimal. Und er würde einen Mordsschrecken kriegen. Und dann könnte ich erzählen, dass es im Grunde ein wahres Wunder war, dass ich überlebt hatte, denn nach einem schlimmeren Sumpf als diesem hier könnte man lange suchen. Und wenn er das hörte, würde er sicher an Jesus denken, der auf dem Wasser gewandelt war, und er würde denken, dass es bei mir ein fast genauso großes Wunder gewesen war. Jedenfalls das größte, das hier in der Gegend passiert ist.

Und danach könnten wir zurückfahren und uns eine andere Beschäftigung suchen. Denn dann würden wir uns so gut kennen, dass wir alles machen könnten. Fast alles.

Lug und Trug

Ich schellte so gegen sechs bei Jim-Willy, mit dem Kaulquappenglas unter dem Arm. Und Sally machte mir auf. Sie macht mir fast immer auf. Sie war riesig. Bestimmt würde sie bald platzen. Wenn sie bloß nicht noch so ein Butterblumenkind bekam, das nur mit seinen Briefmarken auf seinem Zimmer herumsaß und verwelkte.

»Guten Tag, Helene, komm rein. Wie geht's?«

»Danke, bestens.«

»Was hast du denn da unterm Arm?«

»Ein Geschenk.«

»Ein Geschenk? Ich muss schon sagen. Und für wen ist das?«

»Die Butterblume.«

»Was? Was hast du da gesagt?«

»Für Jim-Willy«, berichtigte ich mich.

»Ach, du bist lieb, das steht wirklich fest.«

»FÜR WEN IST DAS? IST DAS FÜR UNS?«

Janne kam angewetzt. Sie wetzte einfach immer durch die Gegend. War zu blöd, um auch nur eine Sekunde still zu sitzen. Es wäre für Sally und die anderen bestimmt das Beste gewesen, wenn Janne noch zwei Wochen im Stachelbeerstrauch gesteckt hätte.

»Wir nicht, Janne. Das Geschenk ist für Jim-Willy«, erklärte ihre Mutter und hatte eine solche Geduld mit dem Quälgeist, es war einfach unglaublich.

»Zeig mal, zeig mal, zeig mal das Geschenk!«

Janne hüpfte auf und nieder, sie hüpfte so hoch wie das Kaninchen, das meine Oma früher einmal hatte. Wenn man eine Möhre hochhielt, dann sprang das Kaninchen aus dem Stand zwei Meter hoch.

Jetzt erwachte auch Johnny zum Leben und kam auf Socken auf den Flur gerannt. In der Küchentür wäre er fast ausgerutscht. Sally musste ihn packen, sonst wäre er gegen mich gefallen und hätte mich und das Glas umgeschmissen.

Ach, Winzlinge machen eine schreckliche Arbeit. Die arme Sally, und bald würde sie sich mit noch einem herummühen müssen. Ich begreife nicht, warum die Leute sich auf so was einlassen. Dass sie sich nicht lieber ein paar süße Miezekätzchen zulegen, die ruhig auf dem Schoß liegen oder ganz leise und still auf der Wiese herumtoben oder Papierkugeln jagen und in jeder Hinsicht lieb und gesellig sind. Ich begreife das nicht.

»So! Rein mit euch! Ins Wohnzimmer mit euch, jetzt kommt die Kinderstunde.«

Sally fegte die Winzlinge mit einem Arm aus dem Flur.

Die Winzlinge setzten sich vor den Fernseher ohne weiter herumzunerven.

Und als Sally und ich dann allein auf dem Flur standen, kam ich gleich zur Sache. Fragte, ob sie Jim-Willy wohl das Glas bringen könnte. Denn der hatte offenbar nicht gern Besuch auf seinem Zimmer. Das fand er offenbar nicht so gut, wenn ich das richtig verstanden hatte. Bei mir hatte er jedenfalls nie die Tür aufgemacht.

»Aber sicher. Sicher doch«, sagte Sally. »Was hast du da eigentlich in dem Glas?«

»Kaulquappen.«

»Was sagst du da, hast du gesagt?«

»Kaulquappen.«

»Äh ... na gut.«

Vielleicht hatte ich das ja falsch verstanden, aber ich hatte das Gefühl, dass sie Kaulquappen für kein besonders gutes Geschenk hielt. Aber vielleicht hatte sie keine Ahnung von Kaulquappen. Nicht alle sind sich darüber im Klaren, dass Kaulquappenfangen lebensgefährlich ist. Sally hatte in der Eile sicher auch nicht daran gedacht, wie nett es sein kann, lebendige Wesen im Haus zu haben, die wachsen und sich von Tag zu Tag mehr verändern.

»Na gut«, sagte sie noch einmal. »Geh doch solange ins Wohnzimmer und sieh dir die Kinderstunde an.«

Ich streifte meine Schuhe ab und ging zu den Winzlingen. Sally nahm das Glas und ging zur Mansarde hoch. Sie ging ganz langsam die Treppe hoch und keuchte ganz schrecklich dabei.

Die Winzlinge klebten vor dem Fernseher und sahen die *Sesamstraße*. Johan war auch da, der Vater, aber er saß in einem Sessel.

Sally blieb eine Ewigkeit in der Mansarde. Als sie wieder herunterkam, hielt sie die Tüte mit den Lakritzschiffchen in der Hand. Gab erst mir eins, dann den anderen. Johan nahm sich zwei, das sah ich genau.

Sally setzte sich aufs Sofa. Sie war wohl schon zu breit, um in einen Sessel zu passen.

»Ich soll grüßen«, sagte sie. »Ich soll dich von Jim-Willy grüßen. Er lässt dir danken.«

»Ach«, antwortete ich.

Was soll man sonst auch sagen? Wenn die eine danke sagt, kann die andere nicht auch noch danke sagen. Danke, danke, tick, tack. Doof!

»Kommt er runter?«

Ich hatte mit dieser Frage gewartet, bis die *Sesamstraße* zu Ende war. Jetzt gab es einen Film über Vögel. Über Vögel, die Fliegen übten. Die Vogelmütter schubsten sie aus dem Nest und PLATSCH landeten sie auf ihren dünnen Beinen. Komisch, dass die Beine nicht durchbrachen, aber das passierte nicht. Die Mütter schnappten sie sich mit dem Schnabel und dann ging es von vorne los. So machten sie weiter, bis die armen Wuschel kapiert hatten, dass sie die Flügel ausbreiten und wie bescheuert damit schlagen mussten, wenn sie überleben wollten. Und am Ende schafften sie das dann auch. Allesamt.

Sally war in den Film vertieft und gab keine Antwort. Ich musste noch einmal fragen: »Kommt er runter?«

»Nhein, ich glaube nicht, er ... er möchte wohl lieber auf seinem Zimmer bleiben«, hörte ich schließlich vom Sofa her die Antwort.

»Na gut«, sagte ich. Mehr gab es dazu nicht zu sagen. Na gut.

»Wir ... wir müssen Geduld mit Jim-Willy haben«, sagte Sally.

Hatte sie da was von Geduld gesagt? Jetzt wurde ich wirklich sauer. Geduld! Als ob ich etwas anderes gehabt hätte als Geduld, seit ihr Goldbubi hier in Stranda gelandet war! Ich war so wütend, dass sich meine Innereien verknoteten; das merkte ich ganz deutlich. Aber ich riss mich zusammen. Das konnte ich inzwischen schon recht gut. Ich presste die Lippen aufeinander und riss mich zusammen.

Janne hatte den Vogelfilm jetzt satt. Sie rannte hoch in die Mansarde und wuselte da oben eine Weile herum. Dann kam sie wieder nach unten. Dieser Nervbolzen kam grinsend wieder nach unten. Und es war das fieseste und zahnloseste Grinsen, das ich je gesehen hatte.

»Jim-Willy hat die Viecher ins Klo gekippt. Er will die Sauerei nicht auf seinem Zimmer haben.«

Dann sprang sie aufs Sofa und hüpfte darauf herum, dieses elende, unerträgliche, gerissene Kaninchengör.

Ich hätte ihr gern gesagt, wie zahnlos und fies sie doch war, aber mir steckte etwas im Hals, und außerdem, wenn ich den Mund aufgemacht hätte, dann hätten sie mich sicher alle angeguckt und dann hätten sie entdeckt, dass ich wie eine Rotzgöre dasaß und Tränen in den Augen hatte.

Ich blickte zu Sally hinüber. Die hatte ihren Blick gesenkt. Wollte sicher sehen, ob ihr Bauch schon platzte oder noch nicht.

Ich sprang auf. Rannte auf den Flur und zog meine Schuhe an.

»Gehst du?«, rief Sally.

»Lügnerin!«, schrie ich als Antwort.

Und dann war ich draußen. Ich schnappte mir mein Rad und machte, dass ich wegkam.

Danke, also echt! Den Dank kannst du dir sonst

wohin stecken! Lug und Trug, überall nur Lug und Trug!

Wie ein Springteufelchen war Elisabeth plötzlich da. Auf einmal stand sie vor mir, mit ihrem Angeberfahrrad. Stand mitten auf dem Weg.

»Na, sollen wir zusammen etwas machen?«, fragte sie.

»Hau ab da«, sagte ich.

»Sollen wir zusammen zum Fußballplatz fahren?«

»Hau ab da, hab ich gesagt! Hau ab und lass die Leute vorbei, du aufgetakelte Kuh!«

Da zog sie Leine.

Ein Unglück kommt selten allein

Ein Unglück kommt selten allein. Das habe ich schon oft gehört, und es stimmt auch. Als ich nach Hause kam, hatte Mama gerade die Post geholt. Eigentlich ist das meine Aufgabe, aber an diesem Tag hatte ich es vergessen.

»Brief für dich, Helene«, zwitscherte Mama in ihrer allerbesten Laune.

»Briefe machen Spaß«, fügte sie hinzu und ihre Laune wurde noch viel besser.

Die war ja vielleicht in einer Wahnsinnsstimmung! Die Hälfte wäre auch genug gewesen.

Ich sah mir den Brief an. Er war von Oma. Ich riss den Briefumschlag auf und faltete den Brief auseinander. Huch, was war das? Drei nagelneue glatte Hundertkronenscheine flatterten daraus hervor. Zwei landeten auf dem Boden, einer auf dem Tisch. Ich hob sie auf und las:

»Liebe Helene,

danke für deinen Brief. Nett von dir, dass du mir geschrieben hast, aber es war ja traurig, über all deine

Ver... Verdrie...Verdrießlichkeiten zu lesen ... was sind Verdrießlichkeiten, Mama?»

»Wenn etwas schief geht.«

»Ach so.«

Ich las weiter. In dem Brief stand so allerlei. Dort stand, dass ich mir für das Geld neue Schuhe kaufen sollte, und zwar weite Schuhe, damit ich keine Blasen bekäme. Dann kam etwas über das Wetter und über Omas Asthma und die Anfälle von Atemnot, die sie gehabt hatte, und über ihre Nachbarin, die in Spanien gewesen war und dermaßen damit herumprotzte, dass man fast nicht mehr mit ihr reden mochte. Aber ganz zum Schluss stand das Schlimmste:

Ihr habt ihn beide schon mal gesehen. Er ist ein sehr stattlicher Mann und höflich und lieb. Er wohnt in dem grünen Haus am Ende der Straße. Wir waren schon lange gute Freunde und nach und nach ist daraus dann mehr geworden ...

»Mein Gott und Vater!«

»Was ist los?«

»Jetzt ist sie ausgetickt. Oma ist ausgetickt!«

»Unfug. Lass sehen.«

Und dann las Mama den Brief von Anfang bis Ende. Sie brauchte lange dafür. Ich sah, dass sie schwer überlegte, denn sie runzelte ganz fürchterlich die Stirn. Hatte eine schiefe Falte zwischen den Augenbrauen.

»Blasen?«, fragte sie plötzlich. »Hast du Blasen?«

»Äh ... nein ...«

»Aber warum schreibst du das dann?«

Ich antwortete, wenn sie glaubte, Briefeschreiben sei so einfach, dann hätte sie sich aber ganz wild geirrt. Man kann doch nicht einfach zwei oder drei Zeilen aufs Papier knallen und damit hat sich's. Man muss mindestens eine halbe Seite schreiben, und wenn man nichts zu schreiben hat, muss man eben etwas erfinden. Das müsste doch sogar sie verstehen!

Sie sah aber nicht so aus, aber immerhin las sie weiter, las und – grinste.

»Wieso grinst du?«, fragte ich.

»Tja ... das ist doch ... witzig.«

»Witzig! Bist du denn jetzt auch noch ausgetickt?«

Ich fegte Brief und Briefumschlag und Hundertkronenscheine auf den Boden.

Und dann ging ich ins Bett.

Aber da wurde ich nicht besonders lange in Ruhe gelassen. Zwanzig Sekunden vielleicht. Dann kam sie. Kam und setzte sich auf die Bettkante. Immerhin hatte sie sich das Grinsen weggewischt.

»Aber Liebes, das ist doch kein Grund zur Aufregung.«

Ach, das sollte kein Grund sein?

»Die ist doch uralt.« Ich versuchte, Mama das alles zu erklären. Aber Mama sagte, fünfundsechzig wäre nun wirklich kein Alter und für Oma wäre es bestimmt schön, mit jemandem zusammen sein zu können. Sie wäre doch so viel allein gewesen. Zuerst hätte sie in der Blüte ihrer Jugend ihren Verlobten verloren und dann einen kränklichen Mann geheiratet und den auch nicht behalten dürfen.

»Ja, eben, was will sie denn mit denen, wenn sie doch alle sterben?« Das hätte ich nun wirklich gern gewusst.

Mama redete und redete. Ich hatte sie in meinem Leben noch nicht so redselig erlebt. Einiges von ihrem Gerede war total bescheuert, aber anderes hörte sich nicht ganz so blöd an. Das mit der Gesellschaft konnte ich ja verstehen. Dass es nett ist, jemanden zu haben. Das verstand ich sehr gut. Vielleicht sogar besser als Mama. Aber ich begriff nicht, warum das unbedingt ein alter Kerl sein musste. Konnte Oma nicht einfach zu uns ziehen, wenn sie unbedingt Gesellschaft haben wollte? Wir hätten Karten spielen und uns amüsieren können. Ich hätte sie untersuchen und nachsehen können, ob sie Ausschlag hätte, wenn das wichtig war. Mama sagte, das wäre nicht dasselbe. Und wir müssten alle unser eigenes Leben leben. Auf unsere Weise, sagte sie. Und am Ende sagte sie noch, ich müsste doch Hunger haben, wo ich den ganzen Tag so gut wie nichts gegessen hätte.

Und das war das Vernünftigste, was sie bisher gesagt hatte.

Ich stand auf. Wir machten uns Spiegeleier. Ich aß zwei.

Und ein Rosinenbrötchen.

Traurige Rechnereien

Ich konnte nicht schlafen. Ich versuchte, an etwas Witziges zu denken, aber mir fiel nichts ein. Mir fiel nur Oma ein. Und grüne Häuser. Und dunkle Weiher ohne Boden und dünnes Schilf und schwarzer Modder und Kaulquappen. Und verlogene Nachbarinnen, zahnlose Drecksgören, jämmerliche Butterblumen und dann wieder Oma. Und das grüne Haus mit einem wildfremden Mann, und die ganzen Kaulquappen, alles umsonst, alle Anstrengungen vergeblich. Und dann wieder Oma.

Ich versuchte zu zählen. Ich zählte Schafe und Schweine und Häuser und Katzen und Kaninchen und alles, was mir sonst noch einfiel. Das mit den Kaninchen war blöd. Davon wurde ich nur noch wacher. Hellwach. Und wütend. Ich schnappte mir mein Kopfkissen und kniff feste hinein und dann schüttelte ich es zweimal wütend durch. Am Ende schlug ich es so hart gegen die Bettkante, wie ich das nur schaffte.

Das half ein bisschen.

Dann zählte ich Lehrer und Kinder in der Schule.

Aber das war eine traurige Rechnerei. Und die sollte man nicht anstellen, wenn man gut schlafen und schön träumen will. Im Sommer sollte man überhaupt nicht an Lehrer denken. Man sollte sie vergessen. Dazu sind die Sommer doch da. An Schulkinder kann man denken, wenn man das lustig findet. Aber das tat ich nicht. Jetzt nicht mehr. Meine besten Freundinnen hatten mich im Stich gelassen und mit den zweitbesten war ich nie zusammen, nicht außerhalb der Schule. Und die hatten ja alle eine beste Freundin. Nur ich hatte keine. Es gab außer mir nur noch einen Menschen, der niemanden hatte, und der war ein undankbarer Dussel, ein öder Briefmarkensammler und ein blöder Trauerkloß.

Aber immerhin war er da.

In seinem Mansardenzimmer.

Und er hatte niemanden.

Das stand immerhin fest.

Einen Versuch wert?

In aller Herrgottsfrühe – ehe der Teufel in seine Schuhe gestiegen war, wie Oma immer sagt – gurkte ich auf meinem alten Fahrrad zu Evelyn. Ich musste einfach mit einem klugen Menschen reden und Evelyn hat mehr Durchblick als die meisten anderen.

Kristoffer war auch schon aufgestanden. Er saß mit seinem Fernglas vor seinem Haus.

»Morgen, junge Frau«, rief er und schwenkte sein Fernglas.

»Halt die Klappe, du Jodelwurm«, antwortete ich, aber so leise, dass er es nicht hören konnte.

»Und wohin ist sie so früh schon unterwegs?«

»Das kann dir ja wohl egal sein.«

»Hä? Hat sie etwas gesagt?«

»Nein.«

»Dann nicht.«

Ich lehnte das Fahrrad an die Mauer. Zwei Katzen kamen unter einem Johannisbeerstrauch hervorgewitscht, eine dritte sprang von einem Holzstapel. Sie rieben sich an meinen Beinen und waren ganz unvorstellbar schmusig und scharf auf Gesellschaft.

Ich machte die Tür auf und ging ins Haus. Evelyn steht immer ganz früh auf. Sie muss ihre Katzen füttern, sonst machen die einen Höllenlärm.

»Na so was, womit habe ich denn diese Ehre verdient! Guten Tag, meine Liebe. Ist sie allein?«

»Ja.«

»Komm rein, komm rein.«

Ich hustete. Evelyns Haus war ganz schön verräuchert. Evelyn saß wie immer in ihrem Schaukelstuhl. Sie trug einen Morgenrock aus Seide und rosa Pantoffeln. Auch die waren aus Seide. Und sie rauchte eine von ihren langen Zigarren.

»Und was hat die schöne Helene so früh am Morgen schon hergeführt?«

Ich wusste nicht, was ich darauf antworten sollte. Ich setzte mich aufs Sofa. Dort lag eine dicke, gesprenkelte Katze. Ich kraulte sie hinter dem Ohr. Und die Katze machte einen langen Hals, sie wurde offenbar gern gekrault.

»Praline?«

Evelyn reichte mir eine fast volle Schachtel. Ich nahm mir eine Praline. Steckte sie in den Mund. Es war eine andere Sorte als beim letzten Mal und sie schmeckte überhaupt nicht. Aber es wäre unhöflich gewesen, sie auszuspucken.

»Cognaclikör«, sagte Evelyn, »Cognaclikör ist gut für die Seele. Möchtest du noch eine?«

»Nein ... nein danke.«

Evelyn paffte noch mehr Rauch ins Zimmer, wippte mit dem einen Seidenpantoffel und betrachtete mich aus zusammengekniffenen Augen.

»Und dein Freund, dieser ängstliche junge Mann, wo steckt der?«, fragte sie und ließ Asche auf den Boden fallen.

Ich erzählte von diesem erbärmlichen Stängel, von Elisabeth und Robert und den Kaulquappen, vom Ertrinken und von der verlogenen Sally, von Oma ... ich erzählte alles. Evelyn hörte zu. Sie lachte nicht und sie unterbrach mich auch nicht. Sie zog an ihrer Zigarre, bis es in ihrer Brust gurgelte, klimperte mit den Augen und hörte zu. Nickte ab und zu. Schaukelte und nickte, wippte mit dem Fuß und verstreute munter ihre Asche auf dem Boden.

»Na«, sagte sie, als ich fertig war. »Na.«

Dann sagte sie eine Weile gar nichts mehr. Ich kraulte die Katze hinter dem anderen Ohr. Ich wartete.

»Na, das ist ja eine Geschichte«, sagte Evelyn dann.

»Ja.«

Ich wusste, wenn ich jetzt noch mehr sagte, würde ich die letzte Tube mit der Creme gegen Weinfältchen unter den Augen aufbrauchen müssen, und deshalb kraulte ich nur einfach weiter die Katze.

Evelyn paffte heftig an ihrer Zigarre. Sie hatte den Kopf in den Nacken gekippt und starrte die Decke an. Ich war wild entschlossen, ihr die Pralinenschachtel vor die Birne zu knallen, wenn sie mir jetzt mit meinen »strahlenden Zukunftsaussichten« käme. Und ich würde energisch klarstellen, dass man in einem Leben mit einer Mutter, die immer bei der Arbeit ist, mit miesen Freunden, einem Vater ohne Manieren und einer durchgeknallten Oma nun wirklich keine strahlenden Aussicht hat.

Aber das alles war dann doch nicht nötig. Als Evelyn weitersprach, redete sie von ganz anderen Dingen.

»Er sammelt also Briefmarken, der junge Mann. Das ist ja interessant«, sagte sie.

Die Briefmarken soll er sich sonst wohin stecken, dachte ich.

Aber Evelyn machte großes Geschrei über diese Briefmarken. Fragte, ob ich auch mal welche gesammelt hätte und ob vielleicht noch welche bei mir rumlägen. Ich sagte wahrheitsgemäß, dass ich etwas Besseres zu tun hätte, als meine Nase in zerknüllte Briefmarken zu drücken und hinter verschlossenen Turen welk und sauer zu werden.

»Wollen sehen, wollen sehen«, murmelte Evelyn mit dem Mundstück zwischen den Zähnen. Sie stand auf und wühlte in ihrer großen grünen Kommode herum. »Wollen sehen, wollen sehen. Nimm dir solange eine Praline.«

»Nein, danke«, antwortete ich und kraulte die Katze hinter beiden Ohren. Aber jetzt sprang sie von meinem Schoß.

»Du musst dem jungen Mann in seinem eigenen Bereich entgegenkommen, verstehst du? Dort, wo er selber ist.«

Ach! Hatte ich das vielleicht nicht versucht? Hatte ich nicht pausenlos bei ihnen geklingelt und mit Sally in der Küche gesessen und gewartet und gewartet und Lakritzschiffchen gefressen, bis sie mir aus den Ohren gequollen waren?

In seinem eigenen Bereich! So einen Blödsinn hatte ich noch nie gehört.

»Er ist sicher ein bisschen deprimiert, dein Freund ... wollen sehen, wollen sehen. So.«

Sie wühlte noch immer in der Kommode herum. Warf Wollknäuel und leere Pralinenschachteln auf den Boden. Und auch einige Briefe. Plastiktüten mit Kleingeld. Ansichtskarten.

Ich machte mir nicht die Mühe, sie zu fragen, was sie mit depi... depirmiert meinte. Ich ließ sie in Ruhe wühlen.

Sie klaubte ein paar Sachen vom Boden zusammen und richtete sich dann stöhnend auf. Jetzt sollte ich mal sehen, sagte sie. Hier hatte sie Ansichtskarten aus mehreren Ecken der Welt. Und hier hatte sie Briefe aus Antwerpen und Bremerhaven und sogar vom Kap der Guten Hoffung.

Ich zuckte mit den Schultern. Die gesprenkelte Katze sprang wieder aufs Sofa und legte sich am einen Ende zum Schlafen hin.

Evelyn holte eine Schere, die Schere hing an der Wand, und schnitt die Briefmarken aus den Umschlägen. Die Karten könnte ich ganz mitnehmen, sagte sie. Sie fragte, ob wir zu Hause denn keine Postkarten und Briefe hätten.

»Dohoch, kann schon sein.«

Ja, die müsste ich unbedingt heraussuchen, sagte Evelyn. Wenn ich erst Briefmarken hätte, würde der Rest schon von ganz allein kommen. Das könnte sie fast beschwören, sagte sie.

Lass das lieber, dachte ich. Ich konnte mir kaum vorstellen, was das alles bringen sollte. Manche Kinder sind einfach hoffnungslos, daran lässt sich nichts ändern. Ich stöhnte zweimal auf, als ich den ganzen alten Müll sah, den sie aus der Kommode geworfen hatte.

»Du seufzt, Helene. Bist du nicht ganz zufrieden mit deinem neuen Freund?«

Zufrieden? Soll man vielleicht zufrieden sein, wenn man tagelang nett und lieb gewesen ist und zum Dank wird die Tür zugeschlagen und ein schönes Geschenk landet im Klo? Sollte sie doch selber zufrieden sein, wie sie da schön und trocken in ihren Seidenpantoffeln saß.

»Du musst Verständnis haben für den jungen Mann, meine Liebe. Es ist wirklich nicht leicht, plötzlich hier in Stranda zu sitzen. Das kann ich dir sagen! Und es kann immer erschreckend sein, in eine neue Welt zu geraten, ganz egal wo die sich befindet. Es kann sogar höchst erschreckend sein.«

Ich konnte ihr nicht gut erzählen, was den jungen Mann am schlimmsten erschreckt hatte, nämlich sie selber mit ihrem Handschuh und ihrer Wahrsagerei und ihrem Wutausbruch. Er hatte Blut und Wasser geschwitzt, solche Angst hatte sie ihm eingejagt.

»Lass ihm Zeit, Helene. Dann findet er sicher seinen Platz unter den Menschen. Lass ihm einfach Zeit ... ja, und die Briefmarken natürlich. Es ist auf jeden Fall den Versuch wert.«

Ich stand auf und ging zur Tür. Bedankte mich für alles. Die Briefmarken lagen in einer rotbraunen kleinen Plastiktüte.

»Wohl bekomm's, wohl bekomm's. Hast du auf deiner Wanderung übrigens Kristoffer gesehen?«

Der hatte mit seinem Fernglas dagesessen, erzählte ich.

»Dieser gerissene Satan! Er hat Bramaputra und Serina zu sich gelockt, meine reizendsten Katzen.

Hat sie mit Sahne und schwarzer Kunst zu sich gelockt. Und sie haben sich locken lassen, diese elenden Katzenviecher. Hüpfen bei ihm umher. Das sehe ich genau ... jaja, jaja. Sicher braucht er lebende Wesen um sich, in seiner großen Einsamkeit. Das geht uns allen so. Mach es gut, Helene.«

»Mach's gut.«

Alte Karten

Wenn die Briefmarken so wichtig waren, dann war die Sache schon geritzt. Wenn wir von etwas jede Menge hatten, dann waren das Briefmarken. Wir hatten haufenweise alte Briefe, die mit Gummis zusammengebunden waren. Das wusste ich genau. Sie lagen in einem braunen, verschlissenen Koffer auf dem Dachboden. Mama hatte merkwürdigen Kram auf dem Dachboden. Sachen, die nur herumliegen und Staub sammeln. Teppichreste, Schulbücher und Konfirmationstelegramme. Jede Menge alten Müll. Andere Mütter halten Ordnung. Elisabeths Mutter jedenfalls. Sie wirft alles weg, was alt und verschlissen ist. Einmal hat sie sogar Elisabeths Bio-Ordner weggeworfen, weil der an den Kanten ein bisschen verschrammt war. Unsere Lehrerin war stocksauer auf Elisabeth. Ich zeigte auf und wollte erzählen, wer wirklich an der Sache schuld war, aber da wurde Elisabeth fuchsteufelswild und sagte, ich sollte die Fresse halten, sonst ... Und die Lehrerin wurde noch wütender und glaubte, Elisabeth hätte den Ordner verbrannt, in Stücke gerissen, ins Klo geworfen oder so. Es gab einen Mordsärger. Eintragung ins Klassenbuch und Schimpfe und überhaupt.

Nein, bei Elisabeth waren sicher nicht viele Briefmarken zu finden. Den Gedanken fand ich eigentlich ganz schön. Das muss ich ehrlich zugeben.

Hinter den Pappkartons mit Skischuhen und Stiefeln und den Pappkartons mit Handschuhen, Mützen und Wollschals und den Pappkartons mit Röcken und Kleidern, die früher mal modern waren, und den Pappkartons mit Teppichresten, aus denen nie ein Flickenteppich gewebt werden wird, weil Oma letztes Jahr, als ihr die Schultern wehtaten, ihren Webstuhl verkauft hat, lag der braune, zerkratzte Koffer mit allerhand altem Schrott. Ich hob die Pappkartons hoch, räumte sie weg und zog den Koffer hervor. Er war schwer. Mit Papier vollgestopft. Mit Rechenheften! Sie hatte wirklich Rechenhefte gesammelt! Ihre und meine. Ich blätterte in einem. Einem von ihren. Lauter Sechsen. Ich fand auch Zeichnungen. Einige scheußliche und einige schöne. Telegramme – und Briefe. Haufenweise Briefe. In Stapeln, umwickelt mit Gummibändern. Ich zog das Gummiband von einem Stapel. Die Briefe fielen auf den Boden. Dünne Umschläge und dicke Umschläge. Weiße, hellrote und hellblaue. Auf einigen stand *Air Mail*.

Die Briefmarken sahen spitze aus. Könige und Königinnen, Vögel, Schiffe und Leuchttürme. Und jede Menge Blumen. Eigentlich kein Wunder, dass es Leute gibt, die so was sammeln. Schöne Bilder. Aber ich hatte eine Fernsehsendung über Briefmarkensammler gesehen. Die schneiden die Briefmarken aus und weichen sie in Wasser ein und pressen sie und lassen sie trocknen und stecken sie in Ordner mit Plastiktaschen und jede Briefmarke hat ihre eigene Tasche und alle müssen in der richtigen Reihenfolge liegen. So machen das die Briefmarkensammler. Das kann Hunderte von Stunden dauern. Es ist eine schreckliche Arbeit. Als Allerérstes schneiden sie die Briefmarken von den Umschlägen. Aber sie müssen dabei einen Rand lassen, sonst gehen die Briefmarken kaputt. Der Rand muss breit genug sein und außerdem noch gerade.

Es würde anstrengend werden. Ich würde mindestens einen Tag brauchen, um die Briefmarken von den Umschlägen zu schneiden. Und dabei hatte ich doch schon einen ganzen Tag im Kaulquappenweiher verbracht ...

Nein. Das war zu viel. Viel zu viel.

Das konnte er ja wohl selber machen!

Ich schnappte mir die weißen, hellroten und hellblauen Briefe und wickelte wieder das Gummiband darum. Nahm mir noch zwei Stapel und klappte den

Koffer zu, schob die Pappkartons wieder zurück, ging in die Küche und suchte mir eine Plastiktüte. Ich nahm eine weiß-blaue. Der Name des Supermarktes stand darauf.

Eine Kleinigkeit

Diesmal machte mir Johan die Tür auf. Der Vater.

»Guten Tag«, sagte er.

Ich war ziemlich verdutzt, weil mir sonst immer Sally aufmacht. Johan sah wohl, wie baff ich war, denn er sagte sofort: »Sally ist im Krankenhaus.«

Dann seufzte er und wischte sich mit dem Unterarm über die Stirn. Er schwitzte ganz schrecklich.

»Komm rein, komm doch einfach rein«, stöhnte er und trottete vor mir her.

Er trottete zum Spülbecken. Krempelte sich die Hemdsärmel auf und legte los. Das Becken war bis oben hin voll. Der Schaum tropfte über den Rand und auf den Boden. Die Tassen und Teller tanzten über die Zinkplatte, wenn er sie dort abstellte.

Ich setzte mich auf einen Küchenhocker. Im Wohnzimmer waren die Kleinen am Werk. Ich hatte keine Lust, mir anzusehen, was sie da alles anstellten.

Johan kehrte mir den Rücken zu und spülte und planschte. Ab und zu hörte ich ein Seufzen, ab und zu ein leises Schniefen. Er trug ein rot kariertes Hemd. So ein richtig schönes. Aber trotzdem sah sein Rücken traurig aus. Schmaler und krummer als sonst. Und jetzt schniefte er schon wieder.

»Äh ... ist das Kind schon da?«, fragte ich vorsichtig.

Er schüttelte den Kopf. Zweimal. Nein, sie war gerade erst weg. Gerade erst. Und jetzt lag sie da und hatte Schmerzen und die Hebammen hatten natürlich keine Zeit für sie, denn im Moment kamen sie ja um die Wette auf die Welt, die Kinder, und Sally war nicht die Frau, die herumschrie und sich wichtig machte, und deshalb musste sie ganz allein im Krankenhaus liegen und niemand hielt ihr die Hand oder tröstete sie.

Er rieb und rieb an einer Tasse herum, die schon längst sauber war, und er murmelte etwas darüber, dass er einfach nicht wusste, was er machen sollte, er konnte die Kinder doch nicht sich selber überlassen, losfahren und aufs Beste hoffen. Jim-Willy hatte zwar angeboten auf Johnny aufzupassen, aber mit Janne wurde er nicht fertig. »Wer schafft das schon«, seufzte Johan, »dieses Gewitter, dieser Wirbelwind, überall und nirgends, nicht zu lenken und einfach besessen.«

»Ich.«

»Was?«

»Ich werde mit ihr fertig.«

»Du?«

»Ja.«

Er hatte sich umgedreht. Stand einfach da und sah mich an. Wie ich das schaffen wollte, fragte er dann.

»Ich stecke sie in den Stachelbeerbusch.«

Er schnaubte und drehte sich um. Machte sich wieder über den Abwasch her.

»Du ...«, sagte ich.

Er gab keine Antwort.

»Du«, ich versuchte es noch einmal, »falls du das nicht gemerkt hast, das sollte jedenfalls ein Witz sein.«

»Ach.«

»Ja«, sagte ich, und ich könne mit solchen Gewittern sehr gut umgehen. Ich würde mit ihr spielen, ihr Patiencen-Legen beibringen, ihr Brote und Milch geben und ihr neue Kleider heraussuchen, wenn sie ihre zerrissen hätte. Er könnte ruhig fahren, mit Janne würde ich schon fertig werden. Solche Nervbolzen wären für mich doch eine Kleinigkeit.

Er drehte sich wieder um. Jetzt schwitzte er noch mehr. War triefnass.

»Ehrenwort«, sagte ich. »Ich werde mit ihr fertig. Das mache ich doch mit links.«

Er schien noch immer nicht überzeugt zu sein. Und deshalb erhob ich mich zu meiner vollen Größe und sagte: »Ich bin elf Jahre alt.«

»Ja«, sagte er daraufhin. »Du bist elf Jahre alt.«

Er wischte sich die Hände ab und wetzte los. Die Treppe hoch. Er nahm vier oder sogar fünf Stufen auf einmal. Ich hörte nur zwei oder drei heftige Sprünge, dann hatte er die Mansarde erreicht. War gleich darauf wieder unten, jetzt in einem weißen Hemd, das auf der Brust offen stand, und einem schräg hängenden Blümchenschlips. Dann ließ er den Wagen an und das Auto huckelte und ruckelte zum Tor hinaus. Die Kinder machten im Wohnzimmer einen solchen Lärm, dass sie ihn gar nicht wegfahren hörten.

Und dann stand Jim-Willy da. Im Türspalt. Ich hatte ihn gar nicht kommen hören. Hatte auch keine Schritte auf der Treppe gehört oder so. Plötzlich stand er da.

»Hallo«, sagte er.

»Hallo«, sagte ich.

Er stand immer noch da. Mit den Händen in der Tasche, an den Türrahmen gelehnt.

Ich hob die Plastiktüte vom Boden hoch und hielt sie ihm hin.

»Komm her. Und sieh dir das an.«

Aber er bewegte sich nicht einmal einen Zentimeter. Stand nur ganz still da und starrte seine Tennissocken an. Die hatten keine Löcher, soviel ich sehen konnte.

Ich stand auf und hielt ihm die Tüte hin.

»Bitte sehr. Verbrauch sie bei guter Gesundheit.«

Und er steckte den Kopf in die Tüte und zog ihn wieder heraus und ich sah dieses breite Grinsen, das auf einer Seite eines Gesichts anfängt und dann fast um den ganzen Kopf wandert, und ich wusste, dass Evelyn Recht gehabt hatte: Es war den Versuch wert.

Plötzlich ist alles ganz anders

Bei näherem Hinsehen war Janne dann gar nicht so schlimm. Sie war eigentlich ziemlich nett und witzig, wenn sie auf der Sofalehne balancierte und dabei das Lied von der Kuh Helene sang ... Sie lief hin und her und sang alle Strophen. Jedes Mal, wenn sie kehrtmachte, sprang sie kurz in die Höhe, so wie die Turnerinnen auf dem Schwebebalken.

»Komm«, brüllte sie da oben auf dem Sofarücken. »Komm, das macht Spaß!«

»Nein, danke«, sagte ich, ich könnte das Lied doch nicht. Das machte nichts, behauptete Janne, sie konnte das Lied, und das reichte ja wohl.

Jim-Willy hatte die Briefumschläge auf dem Küchenboden verstreut. Er schob sie hin und her und machte neue Stapel. Ich sagte zweimal etwas zu ihm, aber er hörte nicht zu. Er schaute mich auch nicht an. Aber er lächelte. Er saß da und lächelte vor sich hin, sah ganz schön weggetreten aus, aber ich dachte, er würde sich schon wieder einkriegen, und ich dachte außerdem, dass ich das Beste aus der Sache machen müsste und dass es immer noch besser war, mit Kleinkindern zu spielen als überhaupt mit niemandem. Das überlegte ich mir und dann sprang ich auch aufs Sofa. Johnny saß auf dem Boden und war mit seinen Legosteinen beschäftigt, er brabbelte und sabbelte vor sich hin und wirkte ganz zufrieden.

Janne und ich standen uns gegenüber auf der Sofalehne, und wenn wir uns in der Mitte begegneten, dann sprang eine von uns auf den Sitz. Wir sprangen immer abwechselnd. Janne sang:

»Die Kuh, die heißt Helene,
sie hat ganz lange Beene,
sie hat ein dickes Fell,
ist an der Schnauze hell
und mitten in dem Fliegentanz
tanzt auch Helenes Wackelschwanz,
der Wahahackelschwanz.«

Beim elften oder zwölften Mal passierte es dann. Wir waren gerade beim Wahahackelschwanz angekommen und drehten gleichzeitig um, jede an ihrem Sofaende. Janne mit einem kleinen Sprung und ich mit einem ziemlich hohen. Es passierte ganz schnell. Ich wusste gar nicht, was passiert war. Aber plötzlich lagen wir auf dem Boden. Das Sofa auch und ein Blumentopf mit viel Blumenerde und geknickten Stängeln und noch ein Blumentopf und außerdem

Johnny. Er lag ganz unten. Und heulte wie bescheuert, dieses friedliche Kind! Ich wischte mir die Blumenerde ab und stand auf. Auch Janne erhob sich. Ihr Gesicht war ganz weiß und sie war still. Sie sagte nicht einmal piep. Komisch, wie schnell alles ganz anders sein kann. Wer sonst still und ruhig ist, grölt wie blöd los, und wer sonst einen Höllenlärm macht, ist plötzlich mäuschenstill. Und wer sonst kein bisschen lebhaft ist, faucht los. Denn plötzlich stand Jim-Willy da, mitten im Zimmer, und fauchte schlimmer, als ich das je bei irgendeinem Menschen erlebt hatte.

»WAS SOLL DAS DENN BEDEUTEN! HABT IHR DENN VÖLLIG DEN VERSTAND VERLOREN?«

»Reg dich ab«, sagte ich, »reg dich ab und heb das Sofa hoch, siehst du nicht, dass dein Bruder drunterliegt?«

Jim-Willy packte das Sofa an einem Ende, ich am anderen, und wips, Johnny war befreit. Er war so rund und heil wie vorher. War nicht mit dem ganzen Leib unters Sofa geraten. Sondern nur mit einem Fuß.

Janne war noch immer mucksmäuschenstill. Sie stand an derselben Stelle wie vorher und war stumm und blass, während Jim-Willy und ich das Sofa umdrehten und Johnny in einen Sessel setzten und Blumenerde, Stängel und Topfscherben in eine Zeitung wickelten. Aber als wir fertig waren und das Wohnzimmer aufgeräumt hatten und sogar die Sofakissen wieder an Ort und Stelle lagen, stieß sie ein langes, schreckliches Geheul aus.

»Hast du dich verletzt?«, fragte ich.

Sie schüttelte den Kopf.

»Dann halt die Klappe.«

Sie hielt die Klappe. Heulte nicht mehr, aber ihre Lippen bebten, als ob sie einen langen, dunklen und klirrend kalten Wintertag hindurch draußen im Frost gestanden hätte.

Johnny stöhnte und jammerte in seinem Sessel.

»Wir müssen ihn untersuchen«, sagte ich zu Jim-Willy. »Zieh ihm die Socke aus, wir müssen nachsehen, ob er eine Blutvergiftung hat.«

»Blutvergiftung?«

Jetzt konnte ich erzählen, dass man sich sehr leicht eine Blutvergiftung holen kann und dass eine Blutvergiftung kein Jux ist, man muss eine Spritze bekommen, und zwar sofort.

Jim-Willy rannte zu Johnnys Sessel hinüber. Ging in die Hocke und griff nach dem Fuß, dem rechten, der unters Sofa geraten war.

Und Johnny brüllte los. Er brüllte los, der gute Johnny, den ich für so friedlich gehalten hatte. Er brüllte so laut, dass mir fast das Trommelfell geplatzt wäre, er brüllte so laut, dass Jim-Willy fast umgekippt wäre, er brüllte so laut, dass Janne wieder ganz weiß wurde, und dabei hatte sie doch gerade erst ihre normale

Farbe wiedergefunden. Ich hatte nie im Leben ein Kind so grauenhaft brüllen hören.

Aber das half alles nichts. Das Kind musste untersucht werden. Etwas anderes kam hier nicht in Frage.

»Na los. Runter mit der Socke!«

Ich versuchte, mich so energisch anzuhören wie nur möglich.

Jim-Willy sah mich an. Ich fragte, ob er glaubte, Ärzte könnten es sich leisten, so lange zu warten, bis die Kranken genug geschrien hätten, wenn sie vor ihnen lagen und bluteten und sich wanden und einen schrecklichen Unfall hinter sich hatten und lebensgefährlich verletzt waren. Nein, das glaubte er nicht, sagte er. Und damit legte er los, und ehe ich mich's versah, hatte er seinem kleinen Bruder die Socke vom Fuß gerissen. Ich war verblüfft, das muss ich wirklich zugeben. Ich hätte nicht gedacht, dass er so schnell sein könnte.

Ich sah mir den Fuß an. Von unten und von oben und von den Seiten. Keine blauen, tödlichen Streifen, die zum Herz führten.

»Sieht gut aus«, sagte ich. »Spitzenmäßig. Essen wir was?«

»Essen?«

»Ja, wir müssen doch was essen.«

»Ja«, sagte Jim-Willy zaghaft, es war kaum zu hören, »wir müssen ja was ... essen.«

Was für ein Geschrei

Johnny wurden seine Cornflakes im Wohnzimmer serviert. Es gab keinen Grund, deswegen Streit anzufangen, fand ich. Wenn er mit dem Fuß nicht auftreten wollte, dann war das wirklich seine Sache. Er aß ganz brav. Kleckerte fast nicht. Und weinen tat er auch nicht. Nicht mehr. Janne rannte hin und her. Nahm sich am Küchentisch einen Mund voll Cornflakes und lief dann zu ihrem kleinen Bruder. Kam zurück und erzählte, wie dick der Fuß schon war. Sooooo dick, sagte sie und zeigte uns das mit den Händen. Wenn das stimmte, dann musste der Fuß so dick sein wie eine mittelgroße Tanne.

»Iss lieber«, sagte ich.

Sie stopfte sich ein paar Löffel in den Mund. Dann rannte sie wieder ins Wohnzimmer. Als sie danach in der Küche erschien, war der Fuß so dick wie Johnny selber und vielleicht noch etwas dicker.

»Jajaja«, sagte ich. »Das geht vorbei. Alles, was keine Blutvergiftung ist, geht vorbei. Iss jetzt auf und nerv nicht rum.«

Danach machte Jim-Willy sich an den Abwasch. Er wischte auch Spüle und Boden und Schranktüren, die sein Vater so hemmungslos voll gespritzt hatte.

Johnny saß ganz gerade im Sessel. Er bewegte sich nicht und sagte kein Wort. Es ist schon vorgekommen, dass Leute nach einem Schock stumm wurden. Und erst nach einem weiteren Schock fanden sie dann die Sprache wieder. Zum Beispiel, wenn sie gesehen hatten, dass jemand ertrank oder überfahren oder überfallen wurde, dann schrien sie plötzlich laut und deutlich auf und konnten diesen Menschen retten und danach redeten sie wieder wie ein Wasserfall.

Der Fuß war dick, das sah ich jetzt auch. Aber der Verletzte ließ nicht einmal einen Mucks hören.

»Geht's dir gut?«, fragte ich.

Keine Antwort.

»Tut dir der Fuß weh?«

Noch immer keine Antwort.

Wir mussten eine Lösung finden. Irgendeine.

Ich ging mit Jim-Willy zum Nachdenken auf den Flur. Janne kam natürlich hinterhergeschlichen. Wir schubsten sie ins Wohnzimmer und hielten die Tür zu.

»Eine Gruselgeschichte«, schlug Jim-Willy vor.

»Dauert zu lange«, sagte ich. »Es muss ganz schnell gehen.«

»Und wenn wir zusammen *hu* sagen?«

»Pah!«

Nein, abgesehen von Unfällen gab es nur zwei Hilfsmittel, und eins davon waren Ballons. Es bringt wirklich etwas, wenn man dicht vor dem Ohr von jemandem einen Ballon platzen lässt. Vor allem, wenn man sich von hinten anschleicht. Dann ist die Wirkung besonders groß.

»Habt ihr Ballons?«

Jim-Willy schüttelte den Kopf.

Na gut. Dann mussten wir eben Wasser nehmen.

»Wasser?«

»Ja, einen Eimer Wasser. Das ist auch ein gutes Mittel.«

Wir schickten Janne nach oben, um für Johnny Wollsocken zu holen. Die brauchte er jetzt, behaupteten wir. Auf diese Weise waren wir sie für kurze Zeit los. Und mussten schnell handeln.

»Du holst Wasser«, sagte ich.

Jim-Willy nickte und verschwand. Kam mit einem blauen Eimer wieder. Das Wasser schwappte über den Rand.

»Ich kann keine Wollsocken finden«, schrie oben im Haus Janne.

»Weitersuchen«, befahl ihr großer Bruder mit allermürrischster Stimme.

Ich nahm den Eimer, ging durch die Küche und

schlich mich dann ins Wohnzimmer. Und da saß der Stumme. Sein Schopf lugte gerade noch über die Sessellehne. Ich war in zwei Sprüngen beim Sessel, hob den Eimer hoch, er war schwer, aber ich konnte ihn doch bis zur Höhe des Schopfes hochheben, hielt ihn ein bisschen schräg – und im Nu war er leer.

Was für ein Geschrei!

Johnny sprang aus dem Sessel hoch, spritzte und fauchte, spuckte und heulte und schrie. Er hörte sich an wie ein ganzes Feuerwerk. Sah auch so aus, wie er auf dem Teppichboden herumtanzte und trampelte und mit den Armen fuchtelte, dass das Wasser nur so spritzte. Es spritzte bis in die Küche.

Doch, das Mittel hatte gewirkt. Johnny schrie immer wieder und rief nach seinem Vater und seiner Mutter und der ganzen Verwandtschaft. Und er hatte nicht nur die Sprache wiedergefunden – er konnte auch mit dem Fuß wieder auftreten. Er hinkte und hüpfte wie wild durch die Gegend.

Ich lächelte Jim-Willy an. Nun konnten wir wirklich zufrieden sein, fand ich.

»Aber jetzt muss ich nach Hause«, sagte ich dann.

»Nach Hause?« Jim-Willy glotzte mich an.

»Ja.«

»Das kannst du doch nicht machen!« Er glotzte noch mehr.

»Kann ich wohl.«

»Du darfst mich hier nicht allein lassen!«

Er kam angewetzt und stellte sich in die Tür, stemmte beide Hände gegen den Türrahmen und ließ mich nicht vorbei.

»Du bleibst hier!«, sagte er und starrte mir hart in die Augen.

Komischer Typ. Im Moment sah er gar nicht mehr aus wie ein welker Stängel. Er stand da wie ein eiserner Pfosten. Ich saß also fest. Aber ich musste doch nach Hause, ich musste nach Hause und Bescheid sagen. Sonst würde meine Mutter die Polizei alarmieren. Es war doch Essenszeit und überhaupt. Kapierte er das denn nicht?

»Wir kommen mit«, sagte er schließlich.

»Von mir aus«, sagte ich.

Ich nahm Janne auf den Gepäckträger und Jim-Willy Johnny.

Dann fuhren wir.

Jim-Willy als Erster. Seine blonden Haare glänzten in der Nachmittagssonne.

Johnnys Haare glänzten nicht. Dazu waren sie zu nass.

Jim-Willy schmollt

Mama rief auf der »Wochenstation« an. Da, wo Frauen ihre Kinder kriegen. Sie sprach mit Jim-Willys Vater. Der bedankte sich für das Essen. Ja, für das Essen, das Jim-Willy und seine kleinen Geschwister bei uns bekommen hatten, Würstchen und Kartoffelpüree. Und dann bedankte er sich, weil seine Kinder bei uns bleiben durften, bis er sie abholen kam, und das könnte noch eine Weile dauern, sagte er, die Geburt schien sich in die Länge zu ziehen. Kein Problem, sagte Mama, die Kinder können bei uns übernachten. Gar kein Problem, sagte sie noch einmal.

Da hatte sie sich vertan, aber das konnte sie ja nicht wissen. Sie konnte ja nicht wissen, wie wüst und wild Janne wirklich war. Dass Janne kein Sofa sehen konnte ohne darauf zu springen und dass es ihr nicht einmal Angst machte, wenn das halbe Haus dabei einstürzte. Nein-nein-nein, rief Mama, als Janne auf den Couchtisch hüpfte und dort zum Sprung ansetzte. Und nein-nein-nein rief sie, als die Kleine sich verkleiden wollte und Mamas neues

Kostüm aus dem Kleiderschrank geholt hatte. Und nein-und-abermals-nein jammerte sie, als Janne im Kühlschrank herumwühlte und einen Karton Milch auf den Boden knallte, dass die Milch die Wände hochspritzte. Jim-Willy jammerte auch. Er hielt sich die Ohren zu, wenn Janne besonders heftig loslegte. Als der Milchkarton durch die Luft wirbelte, hielt er sich auch die Augen zu. So sei Janne immer schon gewesen, erklärte er. Nichts zu machen. Seine Eltern hatten alles Mögliche probiert, aber geholfen hatte nichts. Janne war und blieb so, wie sie war.

Wie gut, dass Johnny so still war. Ich weiß nicht, ob Mama sonst diesen Abend überlebt hätte. Aber Johnny saß ganz bewegungslos in einem Sessel und machte kein bisschen Aufhebens um sich.

»Was ist denn los mit dir, Herzchen?«, fragte Mama in einer Atempause. »Du wirst doch wohl nicht krank sein?«

»Fuß tut weh«, flüsterte Johnny.

»Dein Fuß tut weh?«

Mama runzelte die Stirn und sah besorgt aus.

»Mhm.«

Der Kleine zeigte mit zitterndem Finger auf seinen Fuß.

Ich zitterte auch.

»Lass mal sehen«, sagte Mama lieb und freundlich und zog Johnny vorsichtig die Socke aus. »O du mein

Gott und Vater«, rief sie, »der ist ja so dick wie ein Baumstamm!«

»Ach?«, fragte ich.

»Ja, schau her«, sagte meine Mutter.

»Ja, na so was«, sagte ich. Sie starrte uns alle der Reihe nach an und dann bombardierte sie uns mit Fragen. Meistens gab Janne darauf Antworten. Sie antwortete munter drauflos und fragte, ob Mama vielleicht das Lied von der Kuh Helene hören wollte, denn sie konnte den ganzen Text, hatte alle Strophen auswendig gelernt.

»Ein andermal«, sagte Mama. »Ein andermal.«

Und dann starrte sie mich an. »*Du!*«, sagte sie und zeigte sogar auf mich. »*Du* ... großes Mädchen!«

Mir gefiel nicht, wie sie *du* sagte. Das gefiel mir überhaupt nicht.

Zum Glück war dann aber keine Zeit für weiteres Gerede, denn sie schnappte sich das Telefon und rief den alten Doktor an. Der kam auf seinem Moped, kniete sich vor den Sessel hin und drückte und drehte an dem armen kleinen Fuß herum. Er runzelte die Stirn und schob und presste die geschwollene Pfote hin und her. Johnny jammerte.

»Ja, das sieht wirklich nicht gut aus«, sagte der alte Doktor. »Aber gebrochen ist nichts, Gott sei Dank.«

Er wickelte einen Verband um den Fuß und sagte, Johnny müsste sich in der nächsten Zeit ganz ruhig verhalten und sollte am besten den Fuß hochlegen. Und danach musste Mama achtzig Kronen für den Besuch bezahlen, obwohl Johnny doch gar nicht ihr eigenes Kind war.

Es wurde ein hektischer Abend. Johnny konnte nicht ohne seinen Teddy ins Bett und Janne konnte das auch nicht. Und Johnny konnte auch nicht ohne seine Mickymaus-Decke schlafen und Janne hatte einen Schmuselappen – dieses große Mädchen –, ein weißes Stück Stoff mit einem Knoten im einen Ende. Wir fuhren hin und her, Jim-Willy und ich, fuhren mit Decken und Teddys und Schmuselappen und allem möglichen anderen Unfug.

Mama steckte alle Gäste in ihr Doppelbett. Sie selber wollte auf dem Sofa übernachten.

Es war nicht weiter schwer, die Kleinen ins Bett zu stecken, nachdem sie gegessen hatten und Teddys und Schmuselappen und alles vorhanden war, was sie brauchten. Bei Jim-Willy war das nicht so leicht. Er schmollte. Er schmollte so sehr, dass es richtig unheimlich war. Zuerst wollte er nicht verraten, was ihm dermaßen zu schaffen machte, dass er keinen Bissen essen konnte. Aber schließlich konnte Mama es dann doch aus ihm herausholen. Er weinte fast, als er es sagte, seine Stimme zitterte, er biss sich auf die Lippe und starrte den Boden an.

»Das ... das wird sicher ein Mädchen!«

Zuerst kapierten wir nicht.

»Ein ... Mädchen?«

Mama rückte näher an ihn heran und legte ihm die Hand auf den Arm.

»Ja«, schniefte Jim-Willy. »Eine ... Schwester.«

Aber das sei doch wohl egal, sagten Mama und ich fast wie aus einem Munde, »das spielt doch wirklich keine Rolle?«

Jim-Willy schüttelte den Kopf. Schüttelte immer wieder den Kopf. Dann blickte er zu uns hoch und sagte mit ganz verzweifeltem Gesicht: »Die sind so wild ... die Mädchen. Die sind so schrecklich wild.«

Hohn und Spott für eine Mutter

Bis in den späten Vormittag hinein war alles gut und schön. Jim-Willy hatte eine Schwester bekommen, aber eine von der stillen Sorte, tröstete sein Vater und Jim-Willy schien sich mit seinem Schicksal abzufinden. Johan war ganz früh gekommen, um seine Kinder abzuholen, damit Mama sich nicht an einem Samstag mit ihnen abmühen musste.

Als sie aufbrachen, dachte ich, wie froh meine Mutter doch sein konnte, dass sie nur mich hatte. Ich sah, dass sie das auch gerade dachte. Sie lächelte richtig zufrieden.

Zwei Stunden später war sie plötzlich nicht mehr so zufrieden. Sie hatte auf dem Dachboden etwas gesucht und hatte blöderweise zwei Briefe gefunden, die ihr prompt die Laune verdorben hatten. Der eine Brief lag auf dem Boden, der andere auf einem Tisch neben einem Pappkarton mit Winterkleidern. Sie kam mit den Briefen nach unten, fuchtelte mir damit vor der Nase herum und wollte wissen, was es bedeuten sollte, dass im ganzen Haus Briefe herumlagen. Ich sagte wahrheitsgemäß, dass ich nur zwei Briefe entdecken könnte. Etwas Schlimmeres hätte ich wohl nicht sagen können. Jetzt blies Mama sich nämlich endgültig auf und fragte, ob ich so unverschämt sein müsste und ob es nicht reichte, dass ich in ihren Privatangelegenheiten herumschnüffelte, ob es wirklich nicht reichte, dass auf mich nicht für fünf Öre Verlass sei, ob ich wirklich so aufsässig und frech sein müsste.

Himmel, plötzlich war das Leben überhaupt nicht mehr lustig. Zuerst brachte ich kein Wort über die Lippen. Aber endlich konnte ich stotternd erklären, dass mir ihre Briefe wirklich schnurzegal waren, die gingen mir wirklich sonst wo vorbei, nur sammelte eben Jim-Willy ...

»*Jim-Willy!*«

Plötzlich rastete sie total aus, schrie herum, fragte, ob ich völlig bescheuert wäre, packte meinen Arm und kniff. Es tat eigentlich nicht so schrecklich weh, aber ich war ganz baff, das muss ich schon sagen, weil sie das noch nie gemacht hatte.

Und es schien ihr wohl auch gleich wieder Leid zu tun, denn sie ließ mich ganz schnell los, schlug die Hände vors Gesicht, ließ sich auf einen Hocker fallen und jammerte los.

»Ach, wie peinlich ... ach, wie peinlich ... Himmel, wie peinlich ... meine Briefe auf Irrfahrt durch die ganze Nachbarschaft ...«

Nicht durch die ganze Nachbarschaft, erinnerte ich sie, nur zu Hause bei Jim-Willy.

»KLAPPE HALTEN!«, fauchte sie.

Sie murmelte hinter ihren Händen noch ganz schön viel, ich konnte nicht einmal die Hälfte verstehen, hörte nur »blamiert« und »Hohn und Spott« und noch ein paar Wortfetzen.

Vorsichtig fragte ich, was denn so schlimm wäre, was für Geheimnisse durch die Briefe verraten werden könnten, gefährliche Geheimnisse vielleicht oder verbotene ...

Aber da heulte sie nur los. Aus ihr war kein vernünftiges Wort herauszubringen, nur ein langes Geheule.

Nach einer Weile beruhigte sie sich wieder einigermaßen, nach einer halben Stunde oder so. Wir müssten los, sagte sie dann, wir müssten die Briefe sofort zurückholen.

»Na gut«, sagte ich.

Wir fuhren zu Jim-Willy. Es war nicht sehr weit, aber Mama war völlig außer Atem, als wir dort ankamen.

Johan machte die Tür auf. Munter und freundlich und höflich, wie immer. Von Mama konnte man das nun nicht gerade behaupten. Sie pöbelte herum und schlug Krach und redete wirklich nur Blech.

Mir war das entsetzlich peinlich. Ich schämte mich in Grund und Boden, als ich vor der Tür stand und Johan anlächelte und versuchte, nett und lieb für zwei zu sein.

Johan blieb ziemlich ruhig und sagte: »Kommt rein, kommt rein.« Vermutlich hatte er gerade noch kapiert, dass Jim-Willy etwas auf seinem Zimmer hatte, was nicht dort sein sollte, etwas, was ich geklaut hatte und was wir jetzt zurückholen wollten. Das hatte er wohl kapiert, denn er sagte nur: »Kommt rein, hier geht's lang, kommt rein«, und dann führte er Mama zur Treppe zur Mansarde.

Mama trampelte hoch. Ich hinterher. Jim-Willy fuhr zusammen, als wir plötzlich dastanden.

»Die Briefe«, japste Mama. »Was hast du mit den Briefen gemacht?«

Jim-Willy sank auf seinem Stuhl in sich zusammen. Alles an ihm schien zu schrumpfen – seine Stirn, seine Augenbrauen, seine blassen Wangen, sein Mund, sein Körper, der ganze Jim-Willy. Jetzt verwelkt er, dachte ich, jetzt verwelkt er endgültig.

Aber das tat er nicht. Er erwachte wieder zum Leben. So weit jedenfalls, dass er eine Hand heben und auf einen Karton zeigen konnte, der in einer Zimmerecke stand, neben einer alten Limonadenkiste mit *Donald Duck* und *Akim* und allen möglichen anderen Comics.

Mama machte sich über diesen Karton her wie ein ausgehungerter Hund, der in einem Müllcontainer einen saftigen Markknochen findet. Das habe ich nämlich einmal beobachtet und meine Mutter hatte wirklich ziemliche Ähnlichkeit mit diesem zerzausten Köter, wie sie mit wild zerzausten Haaren über dem Karton hing. Sie fischte alle Umschläge heraus. Die Briefmarken waren weggeschnitten, das sah ich auf den ersten Blick.

»Sind das alle?«, stöhnte sie und schaute zu Jim-Willy hinüber.

Der nickte zaghaft.

»Hast du sie gelesen?«, kläffte der hungrige Hund.

Jim-Willy schüttelte den Kopf. Und das etwas weniger zaghaft. »Nein«, piepste er. Mit so dünner Stimme, dass es kaum zu hören war. »Nein«, piepste er noch einmal. »Ich habe sie bloß weggeschnitten ...«

Mehr konnte er nicht sagen, denn Mama stürzte schon aus dem Zimmer. Die kostbaren Briefe presste sie sich mit beiden Händen an die Brust. Es war eine chaotische Briefsammlung, überall lugten die Ecken hervor. Mama trampelte die Treppe hinunter. Trampelte wie ein Elefant.

Und da musste ich auch machen, dass ich fortkam. Hatte bei Jim-Willy nichts mehr verloren. Konnte nichts von ihm erwarten.

Dass eine Mutter sich so danebenbenehmen konnte!

Jetzt war alles ruiniert. Absolut alles.

Ich schlich mich die Treppe hinunter.

Und niemand hielt mich zurück.

Alles mit Maßen

Niemand soll hungern ohne zu frieren. Das steht in der Bibel, sagt Oma. Und nun wusste ich, dass die Bibel Recht hat.

Weil ich nicht wusste, wohin ich sonst gehen könnte, fuhr ich nach Hause.

Das hätte ich lieber lassen sollen. Oder zumindest eine ganze Weile damit warten. Meine Mutter hatte sich noch immer nicht wieder abgeregt. Ganz im Gegenteil. Sie stand mitten im Zimmer und fuchtelte mit den Armen wie ein Huhn, das abheben will und das einen zu schweren Hintern hat. Sie schien wirklich total ausgerastet zu sein.

»Was hast du damit gemacht?«, fauchte sie.

»Was hast du damit gemacht?«, fauchte sie gleich noch mal.

Man kann aber keine Frage beantworten, die keine richtige Frage ist, und deshalb blieb ich nur ganz still stehen und hielt den Mund.

»Ich frage, was du mit dem Glas gemacht hast, also antworte gefälligst!«

»Mit dem Glas?«

»Ja, dem Einmachglas.«

Und dann erzählte sie mir lang und breit, dass sie die Nachtigall schon längst trapsen gehört hätte und dass dieser Jim, mit dem ich neuerdings so viel zusammen war, ein Schurke und ein Rüpel von der schlimmsten Sorte wäre, und dass oft die mit dem unschuldigsten Gesicht die allergerissensten seien, und von der Sorte hätte sie in ihrem Leben mehr als genug gesehen, mehr als genug!

»Was hast du damit gemacht?«, fragte sie dann zum dritten Mal und nun dämmerte mir immerhin, wovon sie da eigentlich sprach. Ich sagte wahrheitsgemäß, das Glas wäre bei Jim-Willy.

Ja, das hatte sie sich doch gleich gedacht! Sie hatte ihn schon auf den ersten Blick durchschaut, denn niemand kann so engelhaft aussehen ohne etwas zu verbergen zu haben. Das wusste sie. Das wusste sie nur zu gut.

»Hast du es etwa auch probiert?«

Probiert? Nein. Nein, ich hatte nichts probiert. Sagte ich.

Ich hatte sie zuletzt so außer sich erlebt, als das Sägewerk geschlossen worden war. Auch so redselig hatte ich sie seither nicht mehr erlebt. Sie redete wie ein Wasserfall, ich glaube, sie ließ sich nicht einmal Zeit zum Atemholen. Sie faselte immer wieder von den trapsenden Nachtigallen und von Falschmünzern und verwirrten Suffköppen aus allen Dreckswinkeln der Welt. Sie sprudelte weiter, bis sie schon fast blau angelaufen war, und ich konnte kaum ein einziges Wort dazwischenquetschen.

»Du hast doch gesagt ... du hast doch gesagt ...« Ich machte doch noch einen Versuch.

»Was? Was habe ich gesagt?«

Ihr langer Redefluss war endlich versiegt. Wahrscheinlich musste sie nun endlich doch Atem holen.

»Du hast doch gesagt, ich wäre ein zäher Brocken«, brachte ich heraus. Aber das nur mit großer Mühe, weil es mir einfach Angst gemacht hatte, dass sie so ununterbrochen redete und dunkelrot und fast blau dabei anlief.

»Zäher Brocken?«

»Ja ... als ich die Kaulquappen gefangen habe ...«

»Die Kaul...?«

»Ja, im Glas ... im Einmachglas.«

Es wurde ganz still. Die Küchenuhr tickte energisch, aber sonst war nirgendwo ein Geräusch zu hören. Meine Mutter biss sich hart in die Unterlippe. Ihr Gesicht hatte jetzt wieder seine normale Farbe, aber sie sah immer noch ziemlich gestresst aus.

»Und ... und das, was vorher im Glas war?«, fragte sie so sanft und lieb wie die Leute in der Fernsehkinderstunde.

»Das war verdorben. Und hat gestunken. Ich hab es weggeschüttet ... ins Klo.«

Sie nickte. Presste die Lippen aufeinander und nickte.

»Na gut«, sagte sie schließlich. »Na gut.«

Dann setzte sie sich. Fuhr sich mit der Hand durch die Haare und sagte, ich sollte mal nachsehen, ob Post gekommen wäre, oder Rechnungen, genauer gesagt, Rechnungen über hundertfünfzigtausend, nur das fehlte jetzt noch zu ihrem Glück, sagte sie, sank am Küchentisch in sich zusammen und stöhnte.

Ich ging nach draußen. Im Briefkasten lag eine Rechnung. Aber die war nur über zweihundertdreiundfünfzig Kronen. Und es war ein Brief gekommen. Von Oma. Die war ja plötzlich zur Superbriefschreiberin geworden, meine Oma. Diesmal war der Brief für Mama. Ich machte ihn auf, ehe ich ihn ihr gab, mit dem Brotmesser, weil Mama so schrecklich kaputt aussah.

Sie las den Brief und bewegte dabei die Lippen. Erst auf und ab, wie eine Knospe, die aufgeht und sich wieder schließt. Aber dann wurden ihre Lippen zu einem langen, geschwungenen Strich. Sie lächelte. Sie las und lächelte. Die Uhr tickte nicht mehr so schrecklich laut. Ich setzte mich auch hin. Sah Mama an. Überlegte mir, dass sie eigentlich nicht schlecht aussah, trotz allem, mit den zerzausten Haaren, der

Nase im Brief und einem breiten, geheimnisvollen Lächeln.

»Sie kommt«, sagte Mama und blickte zu mir hoch. Ihre Augen waren blank. Wenn sie nicht gelächelt hätte, dann hätte ich gedacht, sie weinte. »Oma kommt«, sagte sie noch einmal.

Ich wusste nicht, ob ich meine Mutter je so froh erlebt hatte. Höchstens vielleicht an dem Heiligen Abend, an dem Papa so viele Geschenke geschickt hatte, dass ich weder in der Nacht vorher noch in der Nacht danach schlafen konnte. Auch damals hatte sie die ganze Zeit vor sich hin gegrinst.

Sie hatte Oma angerufen, erzählte sie jetzt. Angerufen und gesagt, sie hätte so lange Arbeitstage und sie könnte durchaus hier und da Hilfe brauchen.

»Wobei denn?«, fragte ich.

»Tja, im Haushalt und beim Kochen und bei ...«

»Mir?«

»Das auch.«

»Und bin ich dann hier oder da?«

»Beides.«

Sie zwinkerte mir zu.

»Und der im Gewächshaus?«

»Gewächshaus?«

»Ja, dieser Heini ...«

»Ach, der.«

»Der kommt wohl auch?«

»Aber nicht doch.«

»Aber die sind doch zusammen?«

»Sicher, aber ...«

»Müssen die denn dann nicht immer zusammen sein?«

»Nicht die ganze Zeit.«

»Müssen die das wirklich nicht?«

»Nein, was soll der Unfug? Nein, du meine Güte. Nein, alles mit Maßen, so doch nicht.«

Ob das wirklich stimmte?

Ob das also doch nicht so war?

Ach so.

Nichts passiert

»Nichts passiert, nichts passiert«, murmelte sie über dem Breikochtopf.

Im Einmachglas war Sherry gewesen, erzählte sie. Omas selbst gemachter Spezialsherry.

»Aber davon hat sie noch mehr. Nichts passiert.«

Nichts passiert? Die hatte gut reden. Ihr einziger Freund war schließlich nicht für alle Ewigkeit verjagt und aus unserem Haus vertrieben worden.

»Bitte sehr«, zwitscherte sie und stellte den Breiteller vor mich hin. »Iss jetzt, damit du groß und hässlich und gemein wirst.«

Selber hässlich und gemein, dachte ich, und Appetit hatte ich auch nicht.

Sie konnte offenbar Gedanken lesen, denn sie fragte: »Sehe ich aus wie eine Vogelscheuche?«

»Ja.«

Sie ging zum Spiegel.

»Ja, du meine Güte!«

Sie zog den Kamm aus ihrer hinteren Hosentasche, zog ihn einige Male durch ihre Zotteln, aber das half nicht viel.

»Ja, du meine Güte!« Sie grinste übers ganze Gesicht.

Was für eine blödsinnig gute Laune! Hatte sie denn alles schon vergessen? Hatte sie vergessen, wie sie sich aufgeführt hatte? Vergessen, dass Jim-Willy vor unseren Augen fast verwelkt war, als sie in seinem Zimmer herumgefaucht und losgeknurrt hatte?

»Iss«, nervte sie.

Ich probierte den Brei. Er schmeckte gut. Ich nahm noch ein paar Löffel. Mama setzte sich zu mir. Ich dachte, Verhungern würde die Sache auch nicht besser machen, und deshalb aß ich meinen ganzen Teller leer. Das Leben war trotz allem nicht restlos schwarz. Immerhin würde Oma kommen. Bald. Und das, was Mama über Liebespaare gesagt hatte, gab mir doch zu denken. Gedanken, die mir vorher noch nie gekommen waren.

»Das hat gut geschmeckt«, sagte ich.

Ich holte mir meine neuen Turnschuhe. Die ich für das Geld aus Omas Brief gekauft hatte.

»Wo willst du denn hin?«, fragte Mama und schaute kurz vom Breiteller hoch.

Ich sagte, ich wollte mal bei Elisabeth vorbeischauen. Nachsehen, ob sie zu Hause war.

»Ja, mach das, du«, sagte Mama mit vollem Mund.

Ich hatte Rückenwind. Und meine alte Klappermühle lief wie geschmiert.

Schon komisch!

Zu Hause? Nein, Elisabeth war schon seit über einer Woche in Bodø, erzählte ihre Mutter und duftete, obwohl sie im Garten auf den Knien lag und Möhren vereinzelte. Elisabeth war mit dem Zug für mindestens drei Wochen zu ihren Großeltern gefahren. Im Sommer war es hier ja so still. Niemand, mit dem sie spielen konnte.

»Und du hast wohl viel zu tun, glaube ich«, sagte sie, kniff in der hellen Sonne ein Auge zu und sah mich mit dem anderen an.

»Ja ... vielleicht.«

»Jaja«, murmelte sie und riss ein großes Büschel Unkraut aus dem Beet. Riss noch ein Büschel heraus und warf es zu dem anderen. Sie trug Gummihandschuhe. Gelbe. Eine Frau, die in einer Parfümerie arbeitet, muss gut auf ihre Nägel aufpassen.

»Schönes Wetter«, sagte ich.

»Gar nicht schlecht«, stöhnte sie und streckte die Hand nach einem Büschel Möhren aus, die viel zu eng beieinander standen.

»Der ... Robert – was macht der wohl, weißt du

das?«, fragte ich so ganz nebenbei und lässig und starrte dabei das Wetter an, das Elisabeths Mutter gar nicht schlecht fand.

Robert? N-hein, war der nicht mit seinen Eltern zum Zelten in Schweden, wie alle anderen, abgesehen von Mona, die war wohl nach Dänemark gefahren.

»Ach«, sagte ich.

Ich lungerte noch ein Weilchen herum und überlegte, ob ich fragen sollte, wie die Kaulquappen überlebten, wenn alle verreist waren, aber plötzlich stand Elisabeths Vater auf der Treppe und rief »Telefohon«, und Elisabeths Mutter stand auf und rannte los. Ihr Parfümgeruch hing noch lange in der Luft, als sie schon verschwunden war.

Schon komisch, dachte ich, als ich über den Strandvei fuhr. Schon komisch, jetzt bin ich wirklich mutterseelenallein und jetzt finde ich das nicht mehr so schwer. Jetzt könnte ich fast wieder gute Laune kriegen.

Alles zu seiner Zeit

Ich pfiff, als ich bei Evelyn durch das immer offene Tor fuhr. Ich lehnte mein Rad an die Wand. Und mir fiel ein, dass ich diesmal Kristoffer gar nicht gesehen hatte. Ich drehte mich um und ging ein paar Schritte zurück. Und richtig. Da stand sein Gartensessel, aber der war leer. Windschief und wackelig stand er da, dicht vor der Wand. Aber Kristoffer war nicht zu sehen.

War der Wind denn wirklich so stark?

Ich ging ins Haus. Klopfte an die Küchentür.

»Herein«, brüllte Evelyn.

Ich machte die Tür auf. Wollte gerade guten Tag sagen, aber dann fuhr ich dermaßen zusammen, dass ich kein Wort über die Lippen brachte. Denn wer saß da wohl mitten auf dem grünen Sofa, zwischen zwei verfressenen Katzen, in einer Wolke aus Zigarettenrauch, mit dem Fernglas an einem Riemen um den Hals? Wer, wenn nicht Kristoffer, der mürrischste Mann der Welt oder zumindest von Nordnorwegen. Er richtete seinen bohrenden Blick auf mich, sowie ich in der Küchentür auftauchte, und er hielt ihn da, ließ ihn nicht einen Fingerbreit weiterwandern. Er starrte mich so düster an, dass mir das Herz bis unters Kinn hüpfte. Seine Augenbrauen saßen wie dicke Schrubber auf seiner Stirn, steif und schwarz waren sie. Ich hatte noch immer nicht guten Tag sagen können, als Evelyn aus ihrem Schaukelstuhl sprang und auf mich zugewackelt kam.

»Bist du krank, Liebes, du bist so blass«, sagte sie, zog ein Taschentuch aus ihrem Ärmel und winkte damit. Es roch wie eine Kreuzung aus Tankstelle und Apotheke.

»Nur ein kleines Unwohlsein, nur ein kleines Unwohlsein«, beschloss sie, als sie meine Augenlider hochgezogen und ihre Unterseite gründlich untersucht hatte.

»Kennst du meinen guten Nachbarn schon, kennst du Kristoffer, Helene?«

Dann schob sie mich zum Sofa.

»Ich habe das auserlesene Vergnügen«, sagte sie strahlend. Es tat mir richtig in den Ohren weh. So hatte ich sie wirklich noch nie erlebt.

Aber ich konnte nicht gut wegrennen. Ich war ja freiwillig gekommen. Zu Besuch. Und dann kann man nicht einfach wieder abhauen.

Also blieb ich. Mein Herz hämmerte noch immer genau unter meinem Kinn. Kristoffer saß nur eine

Armlänge von mir entfernt. Er konnte jederzeit seine riesigen, haarigen Arme ausstrecken, mich packen, sich für die vielen Male rächen, wenn wir ihn geärgert hatten, konnte mich schütteln, übers Knie legen und losprügeln.

Kaum hatte ich das gedacht, da hing seine riesige haarige Pranke auch schon vor meiner Nase.

»Guten Tag! Kristoffer Kristoffersen mein Name. Aber sie kennt mich wohl, die junge Dame.«

Ich wusste nicht, dass ich die Hand ausgestreckt hatte, vielleicht hatte Evelyn ja nachgeholfen. Jedenfalls steckte meine Hand jetzt in der riesigen, unheimlichen Faust und er konnte sie einfach zerquetschen, konnte sie platt drücken, aber er hielt sie nur, schüttelte sie zweimal, ganz vorsichtig, und ließ sie wieder los.

»He-Helene«, sagte ich.

»Weiß ich doch, weiß ich doch«, brummte er, und wenn ich mich nicht sehr irre, dann lächelte er auch ein bisschen.

»Das ist doch Freddys Tochter, nicht wahr?«

»Ja.«

»Ja, das ist ein guter Mann. Und seefest. Fischt er noch?«

»Nein ... er baut. Häuser und so.«

»Tüchtiger Mann. Wird sicher auch bald hier in Stranda bauen, oder was?«

»Alles zu seiner Zeit, alles zu seiner Zeit«, wehrte Evelyn mit ihrer neuen feierlichen Stimme ab.

»Alles zu seiner Zeit«, wiederholte Kristoffer. »Wie wahr, wie wahr.«

Das Glück ist immer unterwegs

Evelyn bot der lieben Gesellschaft, wie sie sagte, Kaffee und Pralinen an, aber ich sagte, ich hätte in letzter Zeit Magenprobleme gehabt, könnte also höchstens ein Glas Wasser trinken.

Evelyn reichte mir ein hohes, schönes Glas mit Stiel und sagte, den Magen sollte man gut behandeln, man sollte auf den Magen hören und ihm immer die allergrößte Aufmerksamkeit erweisen, denn der Magen wäre der Spiegel der Seele, und alle, die behaupteten, der Spiegel der Seele wären die Augen, hätten sich wirklich total geirrt.

Sie redete lange über den Magen, während ich langsam aus dem schönen Glas trank und Kristoffer eine Praline nach der anderen einwarf und seinen Kaffee schlürfte, den er in die Untertasse gekippt hatte, um ihn ein bisschen abzukühlen.

Evelyn wippte wie immer mit dem Fuß, heute wippte sie vielleicht ein bisschen mehr als sonst.

»Kristoffer ist so ein hilfsbereiter und netter Mann.« Sie lächelte und steckte sich eine ihrer langen, dünnen Zigarren an. »Stell dir vor, er hat meine beiden verlorenen Kleinen hergebracht, Serina und Bramaputra, die beiden frechen Gören, war das nicht nett von ihm? Gute Nachbarschaft ist nicht mit Gold zu bezahlen«, fügte sie hinzu und dann erkundigte sie sich nach meinem Nachbarn, dem jungen Mann mit dem ängstlichen Blick und dem fantastischen Blondschopf.

Ich sagte die ganze Wahrheit. Sagte, dieser Bursche wäre nicht gerade die ideale Gesellschaft und im Moment schon gar nicht, denn meine Mutter hätte ihm solche Angst eingejagt, dass er sich in diesem Sommer wohl nicht mehr aus dem Haus trauen würde.

»Aiaiai, diese zarten Pflanzen. Aiaiaiai, diese empfindlichsten aller Blumen auf der Erde. Langsam blühen sie und behutsam müssen wir sie pflücken. So behutsam, wie es nur geht.«

Kristoffer hatte die beiden Katzen auf dem Schoß und streichelte ihnen abwechselnd das Fell. Sie schnurrten und er mampfte Pralinen.

Evelyn kratzte sich mit der Hand, an der sie keinen Handschuh trägt, ihre Narbe, kratzte sich und dachte offenbar heftigst nach.

»Gute Freunde können viel vertragen«, sagte sie, als sie sich fertig gekratzt hatte. »Gute Freunde sind sehr großzügig. Mehr Wasser, meine liebe Helene?«

»Nein. Nein, danke.«

Ich wollte gerade das Wasserglas auf die Kommode stellen, als ich entdeckte, dass es keine Kommode gab.

»Stell es doch auf die Bank, du, stell es ruhig auf die Bank«, sagte Evelyn, als sie merkte, dass ich nicht wusste, wohin mit dem Glas.

»Wo steckt denn die Kommode?«, platzte es aus mir heraus, ich hatte ganz vergessen, dass man bei Evelyn lieber keine Fragen stellt.

»Die habe ich verbrannt und es war ein richtig lustiges Feuerchen, nicht wahr, Kristoffer?«

»O ja, trockenes, gutes Brennholz. Ja.«

»Die schöne Kommode?«

Ich war sprachlos.

»Ja, schön war sie, da hast du wohl Recht. Sehr schön, das hat auch Nils Peder gemeint. Er fand, sie machte das Zimmer heller, und deshalb wollte er sie mitnehmen.«

»Er wollte sie in die Baracke auf der Baustelle mitnehmen? Die vornehme Kommode?«

Das rutschte mir einfach so heraus.

Der gute Nils Peder arbeitete gar nicht auf einer Baustelle, erzählte mir daraufhin Evelyn unter dem Siegel der Verschwiegenheit. Nils Peder betrieb draußen in der Wildnis einen Hundezwinger, zusammen mit einer gewissen Person, deren Namen Evelyn niemals über die Lippen kommen würde.

Einen Hundezwinger? Aber Nils Peder war doch allergisch! Er konnte keine Tiere um sich haben, deshalb war er doch ...

Evelyn betrachtete mich aus Augen, die so schmal waren wie Ritzen, aus Augen mit schwarzen Punkten.

»Allergisch oder untreu, das kommt auf dasselbe raus, mein Liebes. Das kommt auf dasselbe raus. Es dauert seine Zeit, die Menschen kennen zu lernen. Vergiss das nicht, es dauert lange Zeit.«

Sie trat mit dem einen Seidenpantoffel die Zigarre aus, blickte zu mir hoch und lächelte.

»Danke für den Besuch, Kleine, komm bald wieder.«

Auf dem Heimweg fiel mir ein Lied ein, das Oma sehr oft singt:

Das Glück ist immer unterwegs,
vielleicht zu dir,
vielleicht zu mir ...

Ich summte die ganze Zeit dieses Lied vor mich hin. Aber ich war mir nicht sicher, ob es ein trauriges oder fröhliches Lied war.

Noch schlimmer!

In den nächsten Tagen legte ich viele Patiencen. Manchmal gingen sie auf, aber ich wagte nicht, daran zu glauben, dass sie halten würden, was sie versprochen hatten.

Meistens gingen sie aber nur fast auf. Immer lag irgendeine Dreckskarte im Weg. Eine, mit der ich nicht gerechnet hatte. Und die alles kaputtmachte.

Ich mähte den Rasen.

Ich räumte mein Zimmer auf. Ich stapelte *Donald* und *Asterix* ordentlich aufeinander und wischte Staub in dem Regal, wo ich die Schmuckschatulle und die kleinen Parfümflaschen und die Tube mit der Creme gegen Fältchen unter den Augen aufbewahre. Ich legte eine rosa Häkeldecke hinein. Es sah schön aus. Ich saß eine Stunde davor und sah mir an, wie schön es geworden war.

Ich mähte noch einmal den Rasen. Die schlimmsten Grasbüschel schnitt ich mit einer Gartenschere ab.

Ich goss die Wicken, die zur Zierde vor der Hauswand wachsen.

Ich dachte viel an Elisabeth. Daran, dass ich gesagt hatte, hau ab! Wenn ich das nicht gesagt hätte, dann wäre sie vielleicht nicht nach Bodø gefahren.

Ich wartete auf Oma. Aber es waren noch viele Tage bis zu ihrem Besuch.

Von meinem Fenster aus konnte ich Jim-Willy, seinen Vater und die Kleinen sehen. Sie hatten jetzt keine Mutter, weil Sally noch immer auf der Wochenstation lag. Jim-Willy war mit dem Fahrrad unterwegs und hatte Plastiktüten am Lenker hängen. Vielleicht sah er zu unserem Haus hoch, aber sicher war ich nicht.

Und dann regnete es zwei Tage lang.

Es schüttete.

Würde Oma denn nie kommen?

Am Freitagnachmittag packte Mama den Mixer aus und rührte einen Kuchenteig an. Ich erinnerte sie daran, dass Oma keine süßen Sachen mochte. Der Kuchen wäre nicht für Oma, antwortete Mama. Das sei ein Wochenkuchen, für die, die eine neue Erdenbürgerin in ihrer Familie hatten. Ach was, sagte ich. Ja, sie hätte sich das überlegt, sagte Mama, und vielleicht wäre sie nicht nett genug gewesen, aber ein saftiger Schokoladenkuchen würde bestimmt alles wieder gutmachen.

Sollte sie doch rühren wie bescheuert! Alle saftigen Schokoladenkuchen der Welt konnten ihre

Untat nicht ungeschehen machen, aber ich konnte ihr das einfach nicht sagen. Ich hätte allerlei sagen können. Ich hätte sagen können, dass es Grenzen dafür gibt, was die Leute hinnehmen können, und wenn ich an Jim-Willys oder Johans Stelle wäre, dann würde ich ihr den ganzen Schokoladenkuchen in die Kehle stopfen, auf einmal, damit sie über eine Minute lang keinen Atem mehr holen könnte. Das hätte ich sagen können, und wenn ich das gesagt hätte, dann hätte sie vielleicht endlich so einiges kapiert.

Aber ich merkte, dass ich das einfach nicht über mich brachte. Ich war müde. Ich war müde und hatte alles satt. Da hatte ich nun aufgeräumt und geputzt und den Rasen gemäht und Blumen gegossen und versucht, so viel wie möglich zu vergessen, und nun wühlte sie alles wieder auf. Machte alles noch schlimmer.

Würde das denn nie ein Ende nehmen?

Als der Kuchen gebacken und abgekühlt und verziert war, wollte sie mich unbedingt mit auf den Wochenbesuch schleppen.

»Nie im Leben«, sagte ich, aber das hatte sie offenbar nicht gehört, sie war so hin und weg von ihrem fantastischen Kuchen, dass sie nichts hörte und nichts sah.

»So!«, sagte sie und lud den Kuchen auf ein Tablett. Oben auf dem Kuchen hatte sie jede Menge Gummibärchen angebracht. Eine ganze Tüte voll hatte sie verwendet. Nicht ein blödes kleines Vieh war noch übrig!

»So!«, sagte sie und stülpte einen Deckel über den Kuchen. »Komm, jetzt gehen wir.«

Sie sprudelte geradezu, so gut in Form war sie.

»NEIN, HABE ICH GESAGT!«

»Du hast nein gesagt?«

Es war zu blöd, um darauf eine Antwort zu geben.

»Hast du wirklich nein gesagt?«, fragte sie noch einmal.

»Ja.«

Sie stand eine Weile mit dem Kuchentablett vor mir und sah verwirrt aus.

»Na gut. Dann geh ich eben alleine.«

Und weg war sie.

Ich sah ihr durch das Fenster nach, wie sie mit dem Kuchen davonstolzierte.

Sie hatte sich die Haare gekämmt. Na, wenigstens das.

Neues Kapitel

Ich las zwei Seiten in einem alten Mickymaus-Heft, schaltete den Fernseher ein, es gab eine Sendung über Ziegenzüchter, ich schaltete wieder aus, las noch eine Seite, holte mir meine Karten, aber die Patiencen kamen mir irgendwie zu anstrengend vor, ich legte sie wieder weg und schaltete wieder die Ziegenzüchter ein. Sie wohnten im Hochgebirge und sahen froh und munter aus und lockten die Ziegen und sangen und machten Käse und mampften und waren immer beschäftigt. Sie sahen aus, als ob sie im Leben nicht eine einzige Sorge hätten.

Die Sorgen sind ungerecht verteilt, das steht fest, denn als Mama nach einer Stunde zurückkam, sprudelte sie fast schon über vor Sorglosigkeit und Begeisterung. Die Kleine war so niedlich gewesen, mollig und rund und reizend, und was für eine nette Familie, und was für ein sympathischer Junge dieser Jim doch wäre! Ja, im Grunde hätte sie ja auf den ersten Blick schon gesehen, wie nett er war, so blond und sanft und fröhlich.

Er hätte übrigens nach mir gefragt, sagte sie. Sie hatten alle nach mir gefragt. Ich sollte kommen und Kuchen essen. Das hatten alle gesagt, ja, nur der mit dem geschwollenen Fuß nicht, aber der war ja so still.

»Ich habe gesagt, dass ich das Tablett demnächst wieder holen komme«, plapperte sie weiter und wischte Mehl und Zucker vom Boden.

»Das hat er also ... gesagt ... der Jim-Willy?«

»Was?«

»Er hat gesagt, ich sollte ... kommen?«

»Ja. Ja, sicher. Zweimal hat er das gesagt. Wenn nicht dreimal.«

»Ach?«

Sie legte Kehrblech und Handfeger weg und fing an zu spülen, Quirl und Plastikschüssel und Kuchenform und Abkühlgitter.

»Hast du Lakritzschiffchen bekommen?«, fragte ich. Ich wollte mehr hören.

»Lakritzschiffchen?«

»Ja, die hat sie immer in der Tasche«, erklärte ich. »Sally, meine ich.«

»Ach. Auf Lakritzschiffchen war sie also scharf? Nein, weißt du, sie ist nicht mehr schwanger. Jetzt hat ein neues Kapitel angefangen. Gehst du?«

»Ich weiß nicht.«

»Denn wenn du gehst, kannst du ein altes Babyhandtuch von uns mitnehmen. Eins, das wir nicht zu Weihnachten verschenkt haben.«

Ich dachte eine Weile nach. An die fünfzehn Sekunden.

»Ja. Ja, das kann ich machen.«

★

Und er macht auf. Die Butterblume. Das ist noch nie passiert.

»Hallo«, sagt er.

»Hallo«, sage ich.

Er hält die Tür für mich offen und sieht aus wie ein ganz normaler Junge. Weder schrecklich böse noch schrecklich ängstlich. Er sieht das Paket in meiner Hand an. Lächelt.

»Möchtest du mein Schwesterchen sehen?«, fragt er.

»Ja, bitte«, sage ich und nicke.

»Dann komm rein.«

Er lächelt noch breiter und hält die Tür sperrangelweit auf.

Ich gehe ins Haus.

»Sie ist hier«, sagt er und schiebt mich vor sich her ins Wohnzimmer. Seine Fingerspitzen berühren meinen Rücken. Und schieben. Nicht richtig hart. Aber irgendwie ungeduldig. Und sehr energisch.

Und etwas an der Art, wie er mich vor sich herschubst, verrät mir, dass Jim-Willy jetzt ein richtiger Freund ist. Und ich spüre, dass er das auch bleiben wird. Lange.

mehr lesen von Eva Polak:

In der neuen Stadt ist für Pauline alles anders. Doch zum Glück geht's mit der neuen Klasse gleich nach Amrum ins Schullandheim und Pauline hofft, dass Emma dort ihre Freundin wird: Emma mit dem blonden Wuschelkopf. Wenn nur die zickige Hanna-Lea nicht wäre, die nachts im Vierer-Zimmer immer extra leise mit Emma tuschelt, damit Pauline nichts mitkriegt. Aber zum Trübsalblasen bleibt keine Zeit. Gleich beim ersten Ausflug ins Watt findet Pauline eine wunderschöne Pfeffermuschel, mit der sie die besten Chancen hat, Muschelkönigin zu

Bis Pauline Hanna-Lea dabei erwischt, wie sie in Paulines geheimen Sachen stöbert – da fliegen die Fetzen zwischen den Mädchen ... und Pauline gewinnt endlich Emmas Vertrauen. Der Anfang einer heiß ersehnten Freundschaft ist gemacht!

Ab 9 Jahren. 136 Seiten mit Illustrationen von Marion Goedelt. Gebunden. ISBN 3-7941-6018-5

Sauerländer
Patmos Verlagshaus
www.patmos.de

Auf heißer Spur

Wendelin Van Draanen
Sammy und die Barmherzigen Schwestern
256 Seiten
Taschenbuch
ISBN 3-551-35298-4

Wegen der Sache mit der Schulsprechanlage muss Sammy in der St. Mary Kirche aushelfen. Allemal besser als nachsitzen, findet sie. Doch dann verschwindet Pater Mayhews wertvolles Elfenbeinkreuz und prompt wird Sammy verdächtigt. Bei der Suche nach dem wahren Dieb wird eines schnell klar: Unter der heiligen Oberfläche von St. Mary brodelt es gewaltig! Und das nicht erst seit der Ankunft der drei singenden Schwestern in ihrem Nonnenmobil ...

CARLSEN

www.carlsen.de

Paul/a

Ulf Stark
Paul & Paula
Zwei sind einer zu viel
192 Seiten
Taschenbuch
ISBN 3-551-35182-1

Ausgerechnet an ihrem zwölften Geburtstag muss Paula umziehen: In das Haus mitten in der Pampa, das sie mit Mamas neuem Freund teilen soll. Und dann hält man sie in der Schule auch noch für einen Jungen und nennt sie Paul. Was für eine Unverschämtheit! Doch dann findet Paula Gefallen an der Idee: Vielleicht ist es ja ganz spannend, mal ein Junge zu sein ...

CARLSEN

www.carlsen.de

Magenkribbeln

Måns Gahrton
Eva & Adam: Schule, Scherereien und die erste Liebe
128 Seiten
Taschenbuch
ISBN 3-551-35385-9

Können Mädchen und Jungen einfach nur Freunde sein? Adam und Eva glauben fest daran, jedenfalls am Anfang. Und das, obwohl sie sich auf Annikas Party schon geküsst haben und Eva ziemlich viele Schmetterlinge im Bauch hat, wenn sie Adam sieht. Evas Freundin Annika und Adams Freund Alexander stiften zusätzlich mit vermeintlich guten Ratschlägen Verwirrung ...

CARLSEN

www.carlsen.de